Lynne Graham
Extraños ante el altar

W9-DAS-554

WITHD

HARLEQUIN™

Editado por Harlequin Ibérica.
Una división de HarperCollins Ibérica, S.A.
Núñez de Balboa, 56
28001 Madrid

I.S.B.N.: 978-84-687-6743-7
Depósito legal: M-28090-2015
Impresión en CPI (Barcelona)
Fecha impresion para Argentina: 2.5.16
Distribuidor exclusivo para España: LOGISTA
Distribuidor para México: CODIPLYRSA
Distribuidores para Argentina: Interior, DGP, S.A. Alvarado 2118.
Cap. Fed./Buenos Aires y Gran Buenos Aires, VACCARO HNOS.

Capítulo 1

AH, POR cierto, la semana pasada me encontré con tu futuro suegro, Rodas –comentó Anatole Zikos al final de la conversación telefónica–. Parecía un poco nervioso porque aún no habéis fijado una fecha para la boda. Han pasado tres años, Leo, ¿cuándo piensas casarte con Marina?

–Hemos quedado a comer hoy –respondió Leo con cierta ironía, indiferente al tono de censura de su padre–. Ninguno de los dos tiene ganas de ir corriendo al altar.

–Después de tres años, te aseguro que nadie va a acusaros de ir corriendo –replicó Anatole, sarcástico–. ¿Seguro que quieres casarte con ella, hijo?

Leo Zikos frunció las rectas cejas negras en un gesto de sorpresa.

–Pues claro que sí.

–Ahora ya no necesitas Electrónica Kouros.

–No es una cuestión de necesidad sino de sentido común. Marina sería una esposa perfecta para mí.

–No existe la esposa perfecta, hijo.

Pensando en su difunta madre, Leo apretó los labios para no decir algo que lamentaría después, algo que rompería la relación que había logrado afianzar desde entonces con su padre. Un hombre sensato no recordaba continuamente el pasado, se dijo, y su desventurada infancia en una familia con serios problemas entraba en esa categoría.

Al otro lado, Anatole dejó escapar un suspiro de frustración.

–Quiero que seas feliz en tu matrimonio –admitió luego.

–Lo seré –afirmó Leo con total seguridad antes de cortar la comunicación.

La vida era estupenda; de hecho, era fantástica, pensó esbozando una sonrisa que muchas mujeres encontraban irresistible. Esa misma mañana había cerrado un trato con el que había ganado millones, de ahí la llamada de su padre, que tenía razón al pensar que no necesitaba casarse con Marina solo para heredar la empresa Kouros. Claro que él nunca había querido casarse con Marina por su dinero.

A los dieciocho años, veterano de muchas guerras entre sus padres, había hecho una lista con los atributos de su futura esposa y Marina Kouros encajaba en todas las categorías. Era rica, hermosa e inteligente, además de haber recibido una educación tan exclusiva como la suya. Tenían muchas cosas en común, pero no estaban enamorados. Objetivos como la paz y la armonía familiar iluminarían su futuro en lugar de peligrosas pasiones y horribles tormentas emocionales. No habría desagradables sorpresas con Marina, una joven a la que conocía desde niño.

Era lógico que se sintiera satisfecho, pensó mientras su limusina lo dejaba en el puerto de la Riviera francesa donde lo esperaba su yate. Contento, subió a bordo del *Hellenic Lady*, uno de los barcos más grandes del mundo. Había ganado sus primeros mil millones a los veinticinco años y cinco años más tarde estaba disfrutando de la vida como nunca. Aunque el cruel mundo de los negocios era donde más disfrutaba, podía permitirse el lujo de tomarse unas vacaciones para recuperarse después de trabajar dieciocho horas al día.

—Me alegro de tenerlo a bordo de nuevo, señor Zikos —lo saludó el capitán—. La señorita Kouros está esperando en el salón.

Marina estaba observando los cuadros que había comprado recientemente. Morena, alta con una elegancia innata que siempre había admirado, su prometida dio media vuelta para saludarlo con una sonrisa.

—Me ha sorprendido recibir tu mensaje —Leo le dio un beso en la mejilla—. ¿Qué haces en esta parte del mundo?

—Voy a pasar el fin de semana cerca de aquí con unos amigos y he pensado que era hora de vernos —respondió ella—. Creo que mi padre ha estado hablando de la boda, ¿no?

—Las noticias viajan a toda velocidad —comentó Leo, burlón—. Aparentemente, tu padre está impacientándose.

Marina arrugó la nariz.

—Tiene sus razones. Debo admitir que últimamente he sido un poco indiscreta —comentó, encogiéndose de hombros.

—¿En qué sentido?

—Habíamos acordado que hasta que nos casáramos no tendríamos que darnos explicaciones el uno al otro —le recordó ella, con tono de censura.

—Sí, acordamos que cada uno viviría su vida hasta que el matrimonio nos forzase a sentar la cabeza —asintió Leo–. Pero soy tu prometido y creo que tengo derecho a saber qué tipo de indiscreciones has cometido.

Marina lo miró, enfadada.

–¿Que más te da? No estás enamorado de mí ni nada parecido.

Leo permaneció en silencio porque sabía que esa era la mejor manera de calmar a su temperamental prometida.

–Bueno, muy bien –soltó Marina con poca elegancia, tirando su pañuelo de seda sobre el sofá con un gesto petulante–. He tenido una aventura apasionada y ya sabes cómo son las malas lenguas... lo siento mucho, de verdad, ¿pero cómo puedo evitar que la gente hable de mí?

Leo irguió los hombros bajo la exquisita chaqueta.

–¿Cómo de apasionada? –preguntó, sin gran interés.

Marina puso los ojos en blanco.

–No tienes un gramo de celos en todo tu cuerpo, ¿verdad?

–No, pero me gustaría saber por qué tu padre está tan obsesionado con que nos casemos inmediatamente.

Marina hizo una mueca.

–Bueno, si insistes... mi amante es un hombre casado.

Su expresión se volvió seria, los oscuros ojos escondidos bajo unas largas pestañas negras. Estaba sorprendido y decepcionado. El adulterio no era aceptable y había cometido el fatal error de pensar que Marina tenía los mismos principios morales. Había tenido que soportar durante mucho tiempo las consecuencias de la aventura de su padre y no estaba dispuesto a perdonar las relaciones extramaritales. Era la única inhibición que tenía sobre el sexo; él jamás tendría una relación con una mujer casada.

–¡Por favor, no me mires así! –exclamó Marina a la defensiva–. Estas cosas siempre terminan, tú lo sabes tan bien como yo.

–No puedo decir que lo apruebe. Además, ese tipo de relación dañará tu reputación y, por lo tanto, la mía –dijo Leo con frialdad.

–Yo podría decir lo mismo sobre la bailarina de striptease con la que navegaste por el Mediterráneo el verano pasado. ¡No creo que estar con esa fresca diese lustre a tu sofisticada imagen! –replicó Marina, hiriente.

Leo no se inmutó. Pocas cosas perturbaban a Leo Zikos. El sexo era tan importante para él como las comidas ordenadas y el ejercicio, pero no era más importante que ninguna de esas dos cosas. Era un hombre práctico y no veía necesidad de dar explicaciones cuando Marina y él aún no habían compartido cama. Que los dos hubieran decidido tener amantes durante su largo compromiso los había convencido de que sería mejor reservar el sexo para cuando estuvieran casados.

«La esposa perfecta no existe», había dicho su padre una hora antes, pero Leo no había esperado tener tan pronto la prueba de esa afirmación. Su opinión sobre Marina había bajado varios enteros porque no parecía ver nada malo en acostarse con el marido de otra mujer. ¿Sus ideas sobre ese asunto serían arcaicas, poco razonables? ¿Estaba dejando que las experiencias de su infancia influyesen demasiado en su visión de la vida?

Sabía que muchos de sus amigos tenían aventuras extramatrimoniales, pero no aceptaría ese comportamiento de alguien tan cercano a él y, desde luego, nunca en su propia casa.

–Lo siento, pero mi padre me está dando la lata. Aún no quiere jubilarse y dejar que tú lleves el negocio, pero teme que te haga salir corriendo –le confesó Marina–. Como supuestamente hice con tu hermano...

Leo apretó los dientes ante ese recordatorio. Hasta aquel día, ese había sido el único fallo de Marina: el revolcón de una noche con su joven hermanastro, al que Leo detestaba. Que Bastien la hubiese tratado tan mal después era algo que jamás perdonaría porque, más que nada, Marina era su mejor amiga y siempre había confiado en ella.

–Tal vez deberíamos fijar una fecha para contentar a todos –sugirió la morena–. Solo tengo veintinueve años, pero mi padre empieza a temer que esto se alargue y no pueda darle los nietos que tanto desea.

Leo frunció el ceño de nuevo cuando mencionó a los hijos. Aún no estaba preparado para ser padre, eso requería un nivel de madurez y generosidad que aún no poseía.

–¿Qué tal una fecha en el mes de octubre? –sugirió Marina con toda tranquilidad, dejando claro que no había percibido su desagrado–. Así tendría tres meses para hacer todos los preparativos. Me gustaría una boda informal en Londres, solo con la familia y nuestros amigos íntimos.

Almorzaron en cubierta, conversando sobre amigos comunes; todo muy civilizado, sin intercambiar una palabra más alta que otra. Cuando Marina se marchó, Leo se alegró de no haber perdido la paciencia. Pero, aunque había aceptado buscar una fecha en el mes de octubre para la boda, se sentía insatisfecho, inquieto. Debía reconocer que se sentía... atrapado.

—Tonterías, Grace, tienes que ir a Turquía con Jenna —su tía, Della Donovan, interrumpió agriamente las protestas de Grace—. Ninguna persona sensata rechazaría unas vacaciones gratuitas.

Grace miró el bonito jardín tras la enorme casa de sus tíos en el norte de Londres, intentando encontrar una excusa para rechazar el supuesto regalo de unas vacaciones con su prima.

—Ya has terminado esos estúpidos exámenes, ¿no? —intervino Jenna, sentada al lado de su madre en el sofá de piel. Madre e hija se parecían, las dos altas, rubias y esbeltas en contraste con Grace, que era bajita y voluptuosa, con una fiera melena pelirroja y pecas en la nariz.

—Sí, pero... —Grace se mordió la lengua para no decir que iba a trabajar en un bar durante el verano para tener algo de dinero ahorrado cuando volviese a la universidad.

Cualquier referencia a su necesidad de apoyo económico era siempre mal recibida por su tía, que las consideraba de mal gusto. Por otro lado, aunque ella era una famosa abogada y su tío un bien pagado ejecutivo, Grace solo recibía dinero cuando trabajaba para conseguirlo. Desde muy pequeña había aprendido las diferencias entre su situación y la de Jenna, aunque vivían en la misma casa.

Jenna recibía dinero de bolsillo mientras Grace recibía una lista de tareas. Le habían explicado cuando tenía diez años que ella no era su verdadera hija, que nunca heredaría nada de ellos y tendría que ganarse la vida. Por lo tanto, Jenna había ido a colegios privados mientras Grace iba a colegios públicos. A Jenna le habían regalado un caballo mientras Grace tenía que limpiar los establos cinco días a la semana después del colegio. Jenna tenía fiestas de cumpleaños y amigas que se quedaban a dormir, algo que le era negado a Grace. Jenna había ido directamente a la universidad cuando terminó el instituto y, a los veinticinco años, trabajaba para una popular revista de moda. Grace, por otro lado, había tenido que dejar el instituto a los dieciséis años para cuidar de la difunta madre de Della, la señora Grey, y el estrés de estudiar por libre mientras trabajaba se había comido sus últimos años de adolescencia.

Avergonzada por tan amargos pensamientos, Grace se puso colorada. Sabía que no tenía derecho a estar resentida porque esos años cuidando de una inválida habían sido su forma de devolverle el favor a la familia que había cuidado de ella desde niña. Después de todo, los Donovan la habían acogido en su hogar tras la muerte de su madre, cuando nadie más la quería. Sin la intervención de su tío, habría terminado al cuidado de los Servicios Sociales y, aunque los Donovan no le habían dado el mismo cariño que a su prima, le habían ofrecido seguridad y la oportunidad de ir a un colegio decente.

¿Y qué si era el equivalente moderno de la pariente pobre? Al menos tenía un techo sobre su cabeza, comida y una cómoda habitación, se dijo. Siempre se recordaba a sí misma esa verdad cuando la familia de su tío exigía que fuese útil, algo que generalmente consistía en morderse la lengua y hacer lo que le pedían, aunque no le apeteciese. A veces, sin embargo, temía explotar por el esfuerzo que requería controlar su temperamento.

–Bueno, entonces supongo que tendrás que ir conmigo –se lamentó Jenna–. No puedo ir sola de vacaciones y ninguna de mis compañeras puede ir conmigo. Te aseguro que tú no eras la primera de la lista.

Grace apretó los labios, apartando la fiera melena roja de su cara. La mejor amiga de su prima, Lola, que había pensado ir con ella a Turquía, se había roto las dos piernas en un accidente de coche. Tristemente, esa era la única razón por la que había sido «invitada» a acompañarla, aunque hacía muchos años que no disfrutaba de unas vacaciones.

La cruda realidad era que a Jenna no le caía bien. Nunca le había gustado e incluso de adultas su prima evitaba pasar tiempo con ella. Adorada de niña, Jenna siempre había detestado su llegada y Grace casi podía entender esa animosidad. Los Donovan habían esperado que viese a Grace como a una hermana, pero que solo se llevasen un par de años había despertado un sentimiento competitivo en Jenna y la situación había empeorado con el paso de los años porque Grace siempre sacaba mejores notas en el colegio y luego, cuando a pesar de su interrumpida educación, había ingresado en la universidad para estudiar Medicina.

–Me temo que con tan poco tiempo Grace es nuestra única opción –Della miró a su hija con gesto comprensivo–. Pero seguro que hará lo posible para ser buena compañía.

Jenna exhaló un suspiro.

–Apenas bebe, no tiene novio, no hace nada más que estudiar. Es una antigua.

Della miró a Grace con gesto agrio.

–Irás con Jenna, ¿verdad? No quiero cambiar el nombre en los billetes para que luego digas que no.

–Iré si Jenna quiere que vaya... –Grace sabía que enfadar a Della Donovan nunca era buena idea.

Mientras siguiera viviendo en casa de los Donovan, y pagando una modesta cantidad por el alquiler, Grace sabía que tenía que callarse durante cualquier crisis familiar, quisiera hacerlo o no. De niña había aprendido que los Donovan daban por sentado que lo haría y que cualquier rechazo o negativa sería recibida con reproches y acusaciones de ingratitud.

Por esa razón, no podría ahorrar la cantidad de dinero que esperaba. Pero lo más preocupante era que no sabía si tendría trabajo cuando volviese. Si se tomaba una semana libre en medio del verano, cuando más trabajo había en el bar, su jefe tendría que remplazarla. Grace contuvo un suspiro.

–Qué suerte haber renovado tu pasaporte cuando aún esperaba llevarme a mi madre de vacaciones... –la voz de Della se rompió y sus ojos se empañaron al recordar a su difunta madre.

–Pero no tengo ropa para la playa –le advirtió Grace, sabiendo que Jenna era una snob, siempre pendiente de su aspecto.

–Puedes ponerte algo de lo que ya no uso –respondió su prima, irritada–. Claro que no sé si tus grandes tetas y aún más grande trasero cabrán en mi ropa. Para ser alguien que estudia Medicina no tienes una imagen muy sana.

–No creo que pueda cambiar la forma de mi cuerpo –respondió Grace, sin inmutarse porque estaba acostumbrada a que Jenna se burlase de sus curvas.

Sí, le gustaría ser capaz de comer lo que quisiera sin engordar, pero el destino no era tan amable y había aprendido a cuidar sus comidas y a hacer ejercicio de forma regular.

Grace despertó bruscamente al escuchar el ruido de una puerta, dando un respingo al percatarse de dónde estaba.

–Lo siento, pero está prohibido dormir en recepción –dijo la joven tras el mostrador, haciendo un gesto de disculpa.

Grace se pasó los dedos por el alborotado pelo rojo, mirando el reloj de la pared. Eran más de las diez y, con un poco de suerte, podría volver al apartamento que supuestamente compartía con su prima.

Se habían peleado la noche anterior, recordó. Por el momento, las vacaciones estaban siendo un desastre. Había sido una ingenuidad pensar que su prima no iría dispuesta a ligar cuando ya tenía un novio en casa. Jenna solo había querido su compañía hasta que encontrase un hombre y en cuanto lo encontró le exigió que desapareciera.

Desgraciadamente para ella, Jenna había conocido a Stuart el primer día. Era banquero, hablaba muy alto y vestía de manera llamativa, pero su prima estaba loca por él. Jenna le había dicho que no podía dormir en el apartamento que compartían porque quería pasar la noche con Stuart, de modo que la primera noche se había quedado leyendo en recepción. Pero cuando Jenna intentó echarla la segunda noche, Grace decidió que ya estaba bien y se pelearon.

–No tengo dónde dormir –le había recordado– y no quiero estar sentada toda la noche en recepción otra vez.

–Si fueras medio normal habrías encontrado un hombre –había replicado Jenna–. Stuart y yo queremos estar solos.

–¿No podrías dormir en su apartamento esta noche? –se había atrevido a sugerir Grace.

–No, él comparte apartamento con seis amigos y allí tendríamos menos intimidad. En cualquier caso, mis padres pagan este apartamento. ¡Estas son mis vacaciones y si no es conveniente para mí que te alojes conmigo tienes que irte! –le había espetado Jenna, tan grosera y malcriada como siempre.

Grace hizo una mueca al recordar la discusión y llamó a la puerta del apartamento en lugar de utilizar su llave porque no quería interrumpir a los tortolitos. Fue una sorpresa cuando Jenna abrió la puerta con una sonrisa en los labios.

–Entra, estoy desayunando –le dijo–. ¿Quieres una taza de té?

–Daría cualquier cosa por una taza de té –Grace miró la puerta del baño–. ¿Stuart sigue aquí?

–No, se marchó temprano. Dice que va a bucear y, la verdad, no sé si quiero verlo esta noche. He pensado que podríamos ir a esa nueva discoteca que han abierto.

Aliviada por la amistosa actitud de su prima, aunque fuese debida al esquivo Stuart, Grace asintió.

–Si quieres...

Jenna se movió ruidosamente por la pequeña cocina.

–Stuart quiere que dejemos de vernos... piensa que vamos demasiado deprisa.

–Ah –Grace no dijo nada más, sabiendo lo cambiante que era su prima, que te confiaba sus secretos para pegarte un grito un segundo después.

–Hay muchos peces en el mar –anunció Jenna, cerrando la puerta de la nevera y atusando su largo pelo rubio con expresión furiosa–. Si viene a buscarme no me encontrará esperando.

–No, claro.

–A lo mejor tú conoces a alguien esta noche. Ya es hora de que dejes de ser virgen y empieces a vivir un poco.

–¿Por qué sabes que soy virgen?

–Porque siempre vuelves a casa temprano. ¿Sabes lo que creo? Que eres demasiado exigente.

–Posiblemente –asintió Grace, tomando un sorbo de té mientras se preguntaba cuándo podría quitarse la ropa y meterse en la cama para dormir un rato.

El mundo de Jenna era el hombre del momento y se sentía muy insegura si no tenía uno. El mundo de Grace, en cambio, estaba centrado en sus estudios. Se había esforzado mucho para conseguir plaza en la universidad, era de las primeras de su clase y estaba convencida de que los hombres eran una peligrosa distracción. Nada iba a interponerse entre ella y su sueño de convertirse en una persona útil, capaz de ayudar a los demás. Después de todo, la habían criado recordándole continuamente que su madre había destrozado su vida por apoyarse en el hombre equivocado.

Por otro lado, tarde o temprano tendría que averiguar en qué consistía el sexo. ¿Cómo iba a aconsejar a sus futuros pacientes si no lo sabía por experiencia propia? Pero aún no había conocido a ningún hombre con quien quisiera tener esa intimidad y era una pena que hiciese falta algo más que lógica o sentido común para que un hombre y una mujer se sintieran atraídos. Una pena porque de ser así estaría saliendo con su mejor amigo y compañero de estudios, Matt.

Matt era leal, amable y generoso, exactamente la clase de hombre que ella respetaba. Pero si Matt, con sus gafas de montura metálica y los jerséis que le hacía su tía, amenazase con quitarse la camisa, Grace saldría corriendo. No había ninguna atracción entre ellos, pero le gustaría que así fuese porque sería el novio perfecto.

Leo estaba en la terraza de la discoteca, admirando la vista de pájaro de la bahía Turunc. Por la noche, el resort de Marmaris la rodeaba como un collar de joyas multicolores. Un estruendo de fuegos artificiales anunció la gran inauguración de la discoteca Fever y Leo sonrió. Rahim, su socio, sabía cómo publicitar tales eventos y atraer la atención de los turistas.

—Has hecho un trabajo estupendo —Leo mostró su aprobación mirando la abarrotada pista de baile en el piso de abajo.

—Ven conmigo, te lo enseñaré —Rahim estaba deseando mostrarle su obra maestra. Conocido arquitecto y diseñador de interiores, tenía buenas razones para querer presumir de las líneas contemporáneas de su creación. Habiendo creado exactamente lo que prometió, Rahim quería interesar a Leo en otra inversión, más importante.

Después de casi una semana de solitaria introspección a bordo del *Hellenic Lady*, Leo se sentía encarcelado. Estaba harto de trabajo, harto de su propia compañía, pero no estaba de humor para soportar la de nadie.

Bajó por la iluminada escalera con Rahim, sus guardaespaldas rodeándolos. El estruendo de la música era tal que solo entendía una de cada dos palabras. Rahim hablaba sobre un exclusivo complejo hotelero que quería levantar en la costa, pero a Leo no le interesaba el tema en ese momento. Miró la pista de baile desde la sala VIP y fue entonces cuando la vio en una esquina de la barra, el pelo brillante de un tono cobrizo tan llamativo...

«Una mujer más», intentó etiquetarla, aunque no podía dejar de mirar su rostro ovalado. Apartó la atención de sus fascinantes facciones. ¿Fascinantes? se repitió a sí mismo. ¿De dónde había salido esa palabra? Pero no podía dejar de mirar sus labios, gruesos y sensuales, o la gloriosa melena roja que caía por su espalda. Más rojo que el cobre, parecía natural. Y las curvas delineadas por el pálido vestido de encaje. Tenía una figura de diosa de la fertilidad, con pechos altos, cintura estrecha y femenina, y un trasero voluptuoso.

Leo se agarró con fuerza a la barandilla, una extraña sensación haciendo que el vello de su nuca se erizase y su entrepierna reaccionase con una muy masculina falta de conciencia o moralidad.

No recordaba la última vez que había estado con una mujer, y reconocer eso lo devolvió a la realidad.

Por supuesto, cuando estaba trabajando no perdía el tiempo buscando una mujer... ¿y cuando no estaba trabajando? La necesidad de explicar su compromiso y especificar que no habría más encuentros siempre enfriaba su libido. Pero recordando el amante casado de Marina se preguntó, enfadado, por qué se molestaba en controlar sus deseos. Después de todo, a Marina le daba igual lo que hiciera mientras no entorpeciese su vida. ¿Y era eso lo que quería de su futura esposa? ¿Una mujer que nunca cuestionase dónde iba o lo que hacía? ¿Una mujer que no exigiera que la amase?

Por supuesto, eso era lo que quería, razonó con impaciencia, particularmente cuando la alternativa eran escenas de celos y peleas. La aventura de Marina lo había inquietado, ¿pero lo ofendía tanto como para romper su compromiso y empezar a buscar una novia más puritana? Eso sería una tontería, decidió. Nunca conocería tan bien a una mujer como conocía a Marina Kouros.

Intentando controlar tan extraña desazón, se concentró en esa gloriosa melena pelirroja. El deseo llenaba un vacío en su interior, un deseo que no había sentido en muchos años, limitando sus esfuerzos para mantener una conversación normal con Rahim. Con un abrupto gesto de rechazo, apartó la mirada de la pelirroja, pero estaba tenso. Experimentaba una sensación nueva para él y se vio obligado a mirar de nuevo hacia la barra para no perderla de vista. ¿Qué tenía aquella mujer? Tal vez debería averiguarlo.

Como respuesta a una mirada glacial de Jenna, que estaba en la barra con Stuart, Grace giró rápidamente la cabeza, ruborizada. Stuart había aparecido en la discoteca sin avisar. Jenna estaba encantada, claro, y unos minutos después de su aparición había dejado claro que ella era una molestia.

Grace tomó un trago del dulce licor al que Stuart había insistido en invitarla, preguntándose qué iba a hacer durante el resto de la noche. ¿Dónde podía ir? Al menos en medio de la gente era prácticamente invisible y no llamaba la atención.

Jenna se acercó a ella con gesto impaciente.

–¿Qué haces aquí? Pensé que ya te habrías ido.

Grace se preparó para otra discusión.

–Pienso dormir en el apartamento esta noche –le advirtió a su prima–. Llevo dos días en la recepción y no pienso volver a quedarme allí.

–¡No puedo creer lo egoísta que eres! –se quejó Jenna–. No estarías de vacaciones si no fuese por mí.

–Cambia de rollo –le advirtió Grace, cansada de las constantes peleas y de tener que controlar su impulsiva naturaleza–. Lo de «sé agradecida, Grace» se ha quedado viejo. Me pediste que viniera contigo y tendrás que aguantarme hasta que volvamos a casa.

Apartó la mirada del rostro furioso de su prima y se fijó en un hombre que estaba en la escalera, mirándola. Era guapísimo, una fantasía hecha realidad de pelo negro, piel morena y facciones increíblemente simétricas y perfectas. Alto, de hombros anchos, llevaba un formal traje de chaqueta, como sus acompañantes. Pero, por alguna razón, no podía apartar los ojos de él para mirar a los demás hombres. Sus cejas eran rectas y oscuras, los ojos profundos, brillando bajo las luces de la discoteca, la nariz clásica, la boca una sensual obra de arte.

–Por favor, no vayas al apartamento esta noche –le rogó Jenna–. No me queda mucho tiempo para estar con Stuart...

Stuart también vivía en Londres y Grace se maravilló por la falta de orgullo de su prima. Él había dejado claro que no quería verla después de esas vacaciones, que solo era una aventura de verano.

Jenna la miró enfadada y Grace dio media vuelta con intención de buscar un tranquilo café donde pudiese leer el libro que llevaba en el bolso, pero estuvo a punto de tropezar con un hombre alto que se interpuso en su camino.

–El señor Zikos quiere invitarla a una copa en la zona VIP.

Grace miró hacia la escalera sin saber por qué. ¿El señor Zikos? Él asintió con la cabeza, sonriendo, y en un segundo pasó de guapísimo a absolutamente arrebatador. Más tarde, Grace juraría que su corazón, el órgano más fiable con los hombres, dio un vuelco dentro de su pecho, dejándola mareada.

¿Una copa en la zona VIP? ¿Qué podía perder? Un portero apartó la cinta de terciopelo que separaba la escalera del resto de la sala y Grace dio un paso adelante sintiendo una extraña emoción.

Capítulo 2

LEO le ofreció una mano grande y bronceada con inesperada formalidad.

–Leos Zikos. Mis amigos me llaman Leo.

Grace iba a estrecharla, pero chocó con sus dedos en una colisión que le hizo apretar los dientes, enfadada por su ineptitud. Pero de cerca era aún más alto, más oscuro, tan increíblemente apuesto que la ponía nerviosa y de haber podido dar media vuelta sin hacer el ridículo, lo habría hecho.

–Grace Donovan –respondió, el corazón latiendo en su garganta mientras se sentaba en el sofá y saludaba con un gesto al otro hombre, más bajito.

–¿Irlandesa? –Leo enarcó una ceja.

–Mi madre lo era, pero yo nací en Londres.

–¿Qué quieres beber?

–Algo sencillo, por favor. Esto.... –Grace levantó la copa que tenía en la mano, con un líquido verde, arrugando la nariz– es como una bomba de azúcar.

Después de presentarle a Rahim, Leo le contó que eran los propietarios de la discoteca y Grace le dijo que era una estudiante de vacaciones con su prima. Un camarero apareció con una bandeja llena de copas de champán seguido por otros dos más con bandejas de delicados canapés. Leo le preguntó qué clase de música le gustaba y, en unos minutos, el DJ subía en persona para que le hiciese una lista.

Al principio, Grace estaba encantada por la atención de Leo mientras bebían y comían, inclinándose amablemente para escuchar a los dos hombres, que hablaban sobre un resort solo para parejas que Rahim quería diseñar. Cuando el otro hombre sacó un plano del bolsillo, junto con fotografías de una soberbia playa, Grace empezaba a aburrirse y, además, el DJ había pinchado su canción favorita. De modo que se levantó para apoyarse en la barandilla, moviendo los pies al ritmo de la música.

–¿Quieres bailar? –le preguntó.

Leo estaba como soldado al sofá, mirando sus fabulosas caderas.

–No, no –se disculpó, luchando para disimular la hinchazón entre sus piernas.

–No pasa nada –Grace esbozó una sonrisa mientras se dirigía a la escalera para bajar a la pista de baile.

Solo por una noche, iba a rebelarse. Sería ella misma, la auténtica Grace que nunca se atrevía a ser en casa. Y eso significaba que haría y diría lo que quisiera, en lugar de mantener un papel discreto y callado para estar a la altura de las expectativas de los demás.

Leo se quedó sorprendido al ver que se alejaba. Sin discutir, sin dramas, solo la determinación de hacer lo que quería en lugar de complacerlo a él. Y no había coqueteado en absoluto. Las mujeres no solían portarse así con él. Incluso Marina, que siempre hacía lo que le daba la gana, solía tomar en cuenta sus preferencias cuando estaban juntos.

–Creo que has conocido a una mujer con personalidad –comentó Rahim–. Y hablando de tales mujeres, yo estoy casado con una y si no me voy a casa ahora mismo tendré serios problemas.

Leo seguía apoyado en la barandilla, los anchos hombros tensos hasta que volvió a localizar a Grace en la pista, preguntándose si volvería a subir. ¿O estaba esperando que fuese tras ella? Él no iba detrás de las mujeres, nunca había tenido que hacer ningún esfuerzo. En consecuencia, debería sentirse molesto por el comportamiento de Grace, pero no lo estaba y no lo entendía.

¿Qué tenía aquella chica? Una piel pálida, casi transparente, y unos ojos verdes como un trozo de cristal que había encontrado una vez en la playa de niño. El mar lo fascinaba y también ella. Tanto que estaba bajando la escalera casi sin darse cuenta para ir a buscarla.

–No sé bailar –le dijo con una sonrisa–. No tengo sentido del ritmo.

Grace se quedó sin aliento al mirar los exóticos ojos oscuros, fijándose en lo largas que eran sus pestañas. Era guapísimo.

–Todo el mundo puede bailar –respondió.

Él inclinó su arrogante cabeza.

–Yo no hago nada que no pueda hacer estupendamente bien.

Grace se puso en jarras ante esa excusa de macho alfa.

–Muévete –lo urgió, divertida por su helada postura–. Siente el ritmo...

Lo único que Leo sintió cuando tiró de él para enseñarle a llevar el esquivo ritmo fue una oleada de deseo que lo dejó mareado. Las mujeres no se reían de él, se reían con él, pensó, intentando enfadarse. Movió las caderas como ella le pedía, pero solo para acercarse más a esa boca provocadora.

En un momento, Grace pasó de divertida a otra emoción enteramente distinta y desconocida. Ella no sabía nada de la pasión y, de repente, allí estaba, tirando sus defensas sin el menor pudor, empujada por las ansiosas demandas de los labios masculinos. Durante un segundo se quedó inmóvil, sorprendida y luego como desarmada, sintiendo un calor líquido corriendo por sus venas. Cuando rozó sus labios con la punta de la lengua los abrió, echando la cabeza hacia atrás. Leo se apoderó del tierno interior de su boca con el sentido del ritmo que negaba tener, provocando un escalofrío de placer sexual.

Leo se apartó y tomó su mano y Grace parpadeó, como sonámbula mientras la llevaba de nuevo a la sala VIP, asombrada de que un hombre pudiera hacerla sentir eso... temblaba de deseo, sus pezones estaban erguidos y notaba un calor húmedo entre las piernas. Esa reacción era una revelación para ella. Sí, besaba de maravilla, tuvo que reconocer. ¿Y no lo convertía eso en el hombre ideal para su primera experiencia sexual? Si era tan bueno besando sería igualmente bueno con el resto.

–¿Otra copa? –Leo le ofreció la copa y la bandeja de aperitivos, intentando no tocarla hasta que pudiera controlarse.

No le gustaba perder el control, pero estaba dolorosamente excitado, su libido deseando continuar lo que habían empezado abajo. Grace lo atraía como una abeja a una colmena de miel.

Grace tomó la copa de champán, sorprendida al notar que le temblaban las manos. Pero no era Leo quien ejercía ese efecto en ella, se dijo, sino la decisión de hacer el amor con él si tenía oportunidad.

Lo miró, incierta, admirando su estatura, sus altos pómulos, la nariz clásica, la expresiva boca. Era absolutamente hermoso como solo un hombre muy masculino podía serlo, aunque aún no tenía un veredicto sobre las ridículamente largas pestañas que enmarcaban sus ojos.

–¿Eres soltero? –le preguntó abruptamente.

–Sí. ¿Quieres pasar la noche conmigo? –preguntó Leo, remarcando las sílabas con su sensual acento–. Nunca he deseado a una mujer como te deseo a ti.

Que fuese tan directo la desconcertó, pero le agradó al mismo tiempo. Valoraba su sinceridad.

–No tienes que halagarme. Decidí decir que sí cuando me besaste.

Sería una experiencia sexual práctica, un experimento, razonó Grace, intentando convencerse a sí misma. Era una decisión espontánea e inusual en ella, pero estaba muy lejos de casa y nunca volvería a verlo, de modo que no habría más encuentros ni escenas incómodas. Siempre había creído en llamar a las cosas por su nombre y los dos querían lo mismo: un revolcón sin complicaciones. Y él era casi perfecto para sus propósitos.

Aliviado por su sinceridad Leo la tomó por la cintura, mirándola con intensa satisfacción. Tenía un montón de pecas en la nariz ligeramente respingona, pero esos fallos le parecían enternecedores más que defectos notables.

–No estaba intentando halagarte.

–Si tú lo dices –Grace sonrió, incrédula. Sabía que no era tan guapa como para atraer a un hombre tan apuesto y sofisticado como él–. Pero cuando no se trata de una relación seria, el sexo solo es una actividad recreativa.

Sorprendido por tan prosaico comentario, y por una opinión que se parecía tanto a la suya, Leo enarcó una ceja de ébano.

–Pero una actividad muy placentera.

Grace estuvo a punto de soltarle las sorprendentes cifras de disfunción sexual entre las mujeres y las de insatisfacción entre los hombres, pero decidió esconder a la futura doctora Donovan.

–Eso espero –murmuró, su cara ardiendo al pensar en lo que iba a hacer con él. Tal vez el alcohol estaba afectando a su buen juicio, aunque solo había tomado dos copas y ni siquiera había terminado la primera.

Pero no, no estaba borracha, ni siquiera un poquito alegre porque siempre le daba la risa cuando bebía demasiado. Sin embargo, pasar la noche con él sin conocerlo de repente le parecía un riesgo demasiado grande y se preguntó si estaría cometiendo un error.

¿Pero no era eso más sensato que esperar ingenuamente que alguien le ofreciese algún día romance y compromiso? Tenía casi veinticinco años y había esperado suficiente. Ningún hombre le había ofrecido hasta entonces la solución perfecta para la soledad que escondía del mundo. No iba a ocurrir en un futuro inmediato y tenía que ser práctica. Matt era un gran compañero y amigo, pero tristemente nunca serían novios.

En cualquier caso, era una mujer adulta, inteligente y libre que podía hacer lo que quisiera si encontraba un hombre que le gustase, se recordó a sí misma. Al día siguiente, por fin sabría lo que era el sexo y, además, no tendría que pasar otra noche en la recepción. En realidad, incluso la oferta de una cama para pasar la noche sería bienvenida.

Leo trazó su brazo con un dedo, deteniéndose en la fina piel de su muñeca. Su piel era muy suave, satinada y mucho más pálida que la suya.

–Te daré placer –murmuró.

Un escalofrío recorrió la espalda de Grace, como si después del beso todo su cuerpo estuviera más sensibilizado. Quería que volviese a besarla y la fuerza de ese deseo la inquietaba. Nunca hasta ese momento había entendido lo poderoso que podía ser el deseo sexual. Había leído mucho sobre ello, claro, había oído hablar de ello desde un punto de vista intelectual, pero todo eso no era nada comparado con la experiencia.

Leo Zikos sería su proyecto de ciencias particular, se dijo, y en el proceso de investigación descubriría todo lo que necesitaba saber.

Le preguntó cuándo se había ido Rahim y durante unos minutos hablaron del proyecto del hotel.

–Te estás aburriendo –comentó Leo–. Debería pedirte disculpas.

–No, en absoluto. ¿Tu negocio son las discotecas y clubs nocturnos?

–No, esta es mi única inversión en ese campo. Empecé como corredor de Bolsa y he levantado un imperio de propiedades con mis inversiones. Ahora tengo hoteles, empresas de telefonía y transporte... –Leo movió una mano, como indicando la amplitud de sus intereses–. Creo en la diversificación. Mi pa-

dre una vez se arruinó porque concentró todas sus
energías y su dinero en un solo campo. ¿Qué estu-
dias, por cierto?

–Estoy en el último año –respondió Grace, como
si no hubiese entendido la pregunta porque no tenía
prisa por decirle que era estudiante de Medicina. Más
de un hombre se había alejado de ella en el pasado al
descubrir que era una persona muy inteligente. Era
sorprendente la cantidad de hombres que se asusta-
ban ante un alto cociente intelectual.

Cuando lo miró a los ojos descubrió que no eran
tan oscuros como había pensado. Eran dorados y vi-
brantes... irradiaban poder y un escalofrío de deseo
recorrió su espina dorsal.

Leo la miraba también, un poco sorprendido. Había leído sobre las feromonas y se preguntaba si ella
estaría enviando el mensaje químico invisible que lo
encendía de aquella forma. Después de todo, aunque
estuviese reaccionando como tal, él no era un adolescente a merced de sus hormonas.

Inclinó la cabeza y el aroma a champú de coco se
filtró en su nariz, aunque no estaba pensando en eso
cuando miró su jugosa boca. Se acercó un poco más,
su aliento acariciando el cuello de Grace. Casi imper-
ceptiblemente, ella se acercó también. Leo apretó su
cintura y devoró la voluptuosa promesa de sus labios
con una apasionada intensidad que los excitó aún
más, provocando un incendio sin control.

El segundo beso fue más ardiente que el primero,
tuvo que reconocer Grace medio mareada. Y sabía
que iba a besarla porque estaba en el brillo de sus
ojos, en la tensión de sus brazos y en los rápidos latidos de su corazón bajo la palma de su mano cuando

tuvo que ponerla sobre el torso masculino para no perder el equilibrio. No tenía intención de evitar el beso. De hecho, experimentaba un sorprendente deseo; todas las terminaciones nerviosas de su cuerpo en alerta.

Leo se apartó unos centímetros con gran dificultad.

–Vamos –dijo con voz ronca.

Solo había estado con él una hora, se dijo Grace, un poco asustada. «Soy una fresca, soy una fresca», pensaba, mortificada.

«Pero son las frescas las que lo pasan bien», le decía otra vocecita.

Estuvo a punto de soltar una carcajada, experimentando una descarga de adrenalina desconocida. Miró las hermosas facciones masculinas y sintió que su vientre se encogía.

–¿Dónde?

–A mi yate –Leo tiró de su mano, evitando el escrutinio de sus guardaespaldas. Magrearse delante de la gente no estaba bien y nunca lo había hecho antes. ¿O sí? Cuando era adolescente, pensó, sintiendo que le ardía la cara.

–¿Te alojas en un yate? –Grace frunció el ceño, sorprendida.

–Llevo una semana haciendo un crucero por el Mediterráneo–Leo la llevó hacia la escalera, donde uno de sus guardaespaldas estaba abriéndoles camino.

Cuando giró la cabeza vio a otros dos hombres tras ellos. Uno iba hablando por un artilugio que llevaba en la oreja, como en las películas. Los dos hombres formaron una barrera entre ellos y la gente que estaba en la pista de baile.

–¿Esos hombres trabajan en la discoteca?

–Son mi equipo de seguridad.

–¿Y por qué necesitas un equipo de seguridad? –preguntó Grace, un poco nerviosa.

–Por protección. La he tenido desde que era niño –respondió Leo, como si fuera lo más normal del mundo–. Mi madre y su hermana eran dos famosas herederas griegas y, por desgracia, mi tía fue secuestrada cuando era adolecente.

–Qué horror –susurró Grace–. ¿La liberaron? ¿Volvió a casa?

–Volvió a casa, pero nunca se recuperó del todo –respondió Leo.

Grace se espantó, pensando que algo horrible debía haberle pasado mientras estaba retenida por sus secuestradores.

–Es más sensato tener un equipo de seguridad que arriesgarse –siguió Leo en tono más ligero.

Un lujoso coche apareció frente a la discoteca y uno de sus guardaespaldas se apresuró a abrir la puerta.

Grace estaba atónita. Tenía que ser muy rico para tomar tantas precauciones. Estaba con un hombre que vivía en un mundo totalmente diferente al suyo y empezó a preguntarse si irse con él no sería un grave error.

–Esto me pone un poco nerviosa –dijo abruptamente cuando uno de los guardaespaldas subió al asiento del copiloto mientras los demás iban en un coche tras ellos.

–No les prestes atención.

No parecía impresionada como otras mujeres sino incómoda con su estilo de vida y eso lo sorprendió.

Grace contuvo el aliento mientras Leo hablaba sobre sus recientes viajes, acariciando su espalda con un dedo. El coche se detuvo y la puerta del pasajero se abrió. Leo la tomó del brazo y le ofreció su mano para subir a una lancha motora.

–Yo... ¿dónde está el yate?

–Allí...

A la luz de la luna vio la silueta de un barco al otro lado de la bahía.

–¡Pero es enorme... parece el *Titanic!* –exclamó.

–Una comparación desafortunada. Te aseguro que el *Hellenic Lady* es un barco muy seguro –Leo se inclinó para tomarla en brazos antes de que ella pudiese reaccionar.

La dejó en el suelo de la lancha, sobre un mullido asiento, y un segundo después se dirigían a toda velocidad hacia el yate.

Una noche en un yate, pensó. Bueno, podría ser divertido y no había hecho nada divertido desde que llegó a Marmaris como obligada «invitada» de Jenna.

–¿Estás bien?

–Sí, sí –Grace se tragó la preocupación, dejando que la ayudase a subir a cubierta unos minutos después.

Leo no sabía qué le estaba pasando. Él no era un cavernícola, pero en cuanto vio su angustiada expresión en el muelle pensó que iba a echarse atrás. Por eso la había metido en la lancha tan rápido. Grace Donovan despertaba algo en él que no le gustaba, algo muy básico, elemental y esencialmente inquietante. Pero una vez que descubriese qué era ese algo misterioso se sentiría más tranquilo.

Un hombre con gorra de capitán saludó a Leo y Grace sintió que le ardía la cara. Estaba convencida de que sus planes para el resto de la noche eran obvios para todo el mundo. Leo la llevó por una escalera, abrió una puerta de madera labrada al final de un pasillo y la invitó a precederlo.

Abrió esos ojos verdes como el mar para admirar la maravillosa cabina. Desde las ventanas se veía el cielo tachonado de estrellas y el agua oscura debajo.

Leo pulsó un botón y unas persianas automáticas sellaron el camarote, dándoles intimidad. Grace dio media vuelta para mirar la opulenta cama con su edredón de seda color ostra. Había cuadros en las paredes de brillante madera, óleos originales. Y al menos uno de ellos parecía suficiente imponente y clásico como para ser de un maestro.

–¿Quieres una copa, algo de comer? –Leo se preguntaba por qué la había llevado a la cabina principal cuando normalmente llevaba a sus amantes a los camarotes de invitados para pasar la noche. Siempre había sido un hombre muy celoso de su privacidad.

–No, gracias. Lo siento, estoy un poco desconcertada –le confesó Grace, señalando alrededor con una mano.

Y, sin embargo, aquel parecía su sitio, pensó Leo, admirando su pelo, como una cascada de fuego sobre los hombros, enmarcando un rostro ovalado, los ojos verdes brillantes de inseguridad, la palidez de su rostro destacando las pecas en el puente de la nariz. Era una belleza natural, algo totalmente nuevo para él, acostumbrado a mujeres de artificial perfección.

–Solo es dinero.

–Solo alguien que tiene mucho podría decir eso –respondió Grace, irguiendo los hombros–. Vivimos en mundos diferentes, Leo.

–Aquí no hay barreras –Leo se acercó, sorprendentemente ligero y silencioso para un hombre de su envergadura, para tomar su mano–. No estaba exagerando al decir cuánto te deseo, *meli mou*.

–¿Qué me has llamado?

–*Meli mou* –Leo sonrió, apartando un sedoso mechón de pelo de su frente. Era mucho más bajita que las mujeres con las que solía salir; apenas le llegaba al hombro a pesar de los zapatos de tacón y su diminuta estatura lo hacía sentir un extraño deseo de protegerla–. Significa más o menos «dulzura» en griego.

–Yo soy más agria que dulce –le advirtió Grace.

–El azúcar obstruye las arterias –replicó Leo, divertido. Era independiente y directa, y nunca había conocido a nadie así. Tal vez eso explicaba su extraña reacción.

Pasó un dedo por su pulso, que latía locamente en su garganta, y Grace contuvo el aliento.

–No dejas de tocarme...

–No puedo apartar mis manos de ti. ¿No te gusta?

Grace bajó la mirada. No estaba acostumbrada a que la tocasen y él lo hacía con tal espontaneidad. Su madre había sido cariñosa, cuando estaba sobria, y el tiempo que vivieron en una comuna en Gales había sido casi feliz. Pero la familia de su tío era mucho más reservada y Grace había recibido muy pocos gestos de afecto desde entonces.

–No, no es eso –dijo en voz baja, pensando que debería contenerse con él porque la afectaba de una forma insospechada.

–*Thee mou*, me alegro porque no sé si podría parar –Leo se quitó la chaqueta y la tiró sobre un sillón antes de aflojar el nudo de su corbata de seda, que desapareció un segundo después.

«Solo estoy con él para perder la virginidad y adquirir un poco de experiencia», se recordó Grace. No había ningún otro sentimiento. Si era simple y directa no acabaría con el corazón roto como su madre, poniendo su futuro en manos de un hombre para descubrir más tarde que había sido un error. Solo era una niña cuando entendió la traición de su padre, pero el recuerdo del dolor de Keira Donovan no se borraría nunca.

–Oye –murmuró él, mirando sus ojos atribulados–. ¿Dónde estabas ahora mismo? ¿Malos recuerdos?

Grace se puso colorada.

–Algo así.

–¿Otro hombre?

Leo apretó los dientes, molesto al creer que podría estar pensando en otro hombre mientras estaba con él.

–No es que sea asunto tuyo, pero no –respondió Grace, levantando la barbilla–. No dejo que los hombres jueguen con mi cabeza.

–¿Solo con tu cuerpo? –susurró Leo, tirando de sus manos para atraerla hacia él.

Grace bajo las pestañas.

–Solo mi cuerpo. Espero que ese sea el trato.

–Estamos hablando demasiado.

Le estaba diciendo que solo sería sexo y debería estar encantado. ¿Pero no era eso lo que él solía hacer? ¿No lo había sido siempre? Sin embargo, lo hacía sentir curiosamente inseguro, y no le gustaba esa sensación.

Se apoderó de su boca de nuevo y el dulce empuje de su lengua hizo temblar a Grace, el calor en su pelvis extendiéndose por todo su cuerpo, despertando un cosquilleo en sus pezones.

–Voy a desnudarte muy despacio... –musitó Leo–. Descubriéndote poco a poco.

A Grace se le encogió el estómago mientras se preguntaba con cierta preocupación si estaría a la altura de tan sofisticado desafío.

Capítulo 3

LOS labios de Leo eran agresivos y suaves a la vez mientras la tomaba en brazos para dejarla suavemente sobre la cama, apartándose solo para quitarle los zapatos.

Respiró profundamente, intentando controlar su nerviosismo, temiendo que él lo notase. Por supuesto, podría haberle contado la verdad, que era nueva en los asuntos del dormitorio, pero estaba convencida de que eso la haría menos deseable. Y ser tratada como si fuera más bella y seductora de lo que era en realidad resultaba particularmente agradable en ese momento. Se preguntó entonces dónde estaría el baño. Habría preferido entrar un momento para desnudarse y volver envuelta en una toalla o algo parecido. ¿Pero eso no era lo que hacían las novias de los años cincuenta en su noche de bodas? La timidez y las inhibiciones no eran sexy, pensó, impaciente.

—Me encanta tu pelo —comentó Leo, desabrochando su camisa—. Es de un color precioso.

—En el colegio me llamaban «zanahoria» y lo odié durante años —respondió Grace con una sonrisa.

—Cuando sonríes, *meli mou*, todo tu rostro se ilumina —Leo inclinó la cabeza para apoderarse de sus labios en un beso apasionado que la emocionó. Su cuerpo era como un contador *geiger*, detectando radiación y despertando reacciones nuevas dentro de ella.

Su camisa se abrió, revelando un torso ancho de pectorales firmes y abdominales como una tabla de lavar. Se le quedó la boca seca. Era increíblemente hermoso, pensó, lo que una de sus amigas llamaba «un pedazo de hombre». El calor en su pelvis se extendió al resto de su cuerpo.

Leo le dio la vuelta para desabrochar la cremallera del vestido, besando su espalda y sus hombros cubiertos de pecas.

–¿Siempre vas tan despacio?

No solía hacerlo y, teniendo en cuenta que estaba increíblemente excitado, Leo no sabía por qué estaba tan decidido a ser el perfecto amante.

–Depende del momento. Pero quiero saborearte...

Deslizó las mangas del vestido por sus brazos y se detuvo para admirar sus pechos, que sobresalían por la copa del sujetador, antes de sucumbir a la tentación. Dejando escapar un gemido de impaciencia, lo desabrochó y levantó una mano para masajear la cremosa carne, explorando con la boca los rosados pezones que reclamaban su atención.

–Tienes unos pechos asombrosos –murmuró con voz ronca, pasando la lengua y el borde de los dientes sobre las duras cumbres.

Grace estaba asombrada por el efecto que ejercía en su ignorante cuerpo. Un deseo irresistible despertó en su interior y, de repente, respirar era casi imposible. Pasó los dedos por el espeso pelo negro, sorprendida por lo suave que era y por cuánto le agradaba tocarlo. Había pensado que tendría que hacer un esfuerzo para responder. De verdad no había esperado estar tan excitada en el proceso e incluso había creído que su cerebro estaría juzgando y tomando notas.

En lugar de eso, mientras Leo la levantaba para buscar su boca de nuevo Grace empezó a explorar por su cuenta, deslizando las manos bajo la camisa abierta para acariciar el asombroso torso, los diminutos pezones masculinos y el oscuro vello que se perdía bajo su duro estómago.

–No... esta primera vez no –dijo él, apartándose–. Estoy demasiado cerca.

Grace parpadeó, intrigada. Pensaba que él estaría deseando que lo tocase. ¿Y eso de «la primera vez»? ¿Era su asombrosa seguridad en sí mismo la que hablaba por él?

Temblando de arriba abajo al pensar en esa primera experiencia, y sin saber si querría una segunda, Grace lo vio quitarse la ropa con manos inciertas.

Todo desapareció al mismo tiempo, de modo que tuvo poco tiempo para saciar su curiosidad, pero era más grande de lo que había pensado. Mucho más. Solo era una cuestión de interés académico, se dijo, nerviosa, admirando el miembro erguido, largo y grueso. Pero Leo no sabría de su inexperiencia. Después de todo, había montado a caballo desde niña, con las pocas lecciones que sus tíos habían permitido, y estaba segura de que cualquier barrera física habría desaparecido.

Con el mismo interés práctico, se preguntó por qué ardía cuando miraba a Leo desnudo. Estaba sin aliento, como si le faltase oxígeno.

–Estás muy callada.

Leo dejó varios preservativos sobre la mesilla, calmando el instintivo terror de Grace a que le pasara lo que le había pasado a su madre. Por un momento estuvo a punto de contarle la verdad sobre su innata reserva, aprendida en una casa que nunca había sido su hogar.

—No sé qué decir.

—Estoy acostumbrado a que las mujeres hablen —admitió él con una sonrisa irresistible.

—Yo soy reservada —dijo Grace, metiéndose entre las sábanas para quitarse discretamente las bragas.

—Alguien tan bello no debería ser tímido —Leo se colocó a su lado—. Quiero verte... toda.

Grace sabía que no era bella. Había crecido pensando que las mujeres altas, delgadas y rubias eran el epítome de la belleza, y las chicas más populares del instituto cumplían esos cánones. Pero Leo la miraba con tal admiración que se sintió hermosa por primera vez en su vida y, aunque estaba convencida de que no era verdad, eso hacía que se sintiera especial.

—Debo admitir que me gusta mirarte —le confesó, intentando devolverle el favor.

—¿Ah, sí? —Leo rio divertido por el halago, aunque estaba acostumbrado a ellos en el dormitorio. Admiraba la contención de Grace, pero estaba deseando verla perdida en las sacudidas de la pasión.

Cuando la besó apasionadamente fue como la primera vez, su lengua empujando para encenderla, ligeros espasmos de emoción inflamando su útero. Leo abrió sus piernas y cuando pasó un dedo por los húmedos pliegues Grace se puso tensa. Era absurdo meterse en la cama con él y luego avergonzarse de algo tan natural, pero era incapaz de sobreponerse a la vergüenza. ¿Qué había sido de su convicción de que aquello iba a ser un experimento?, se preguntó.

Cerró los ojos mientras él jugaba con la zona más sensible de su cuerpo, el placer como un maremoto. Apretaba los dientes, temiendo dejarse llevar y perder el control, cuando sus caderas se levantaron como por voluntad propia.

No hizo ningún esfuerzo para recuperarla cuando él apartó la sábana. De hecho, se preparó para tolerar la invasión cuando se colocó sus piernas sobre los hombros y rozó su parte más íntima con un dedo.

–También eres hermosa aquí –susurró Leo con una falta de inhibición que la sorprendió mientras estudiaba el techo del camarote, intentando controlar las sacudidas de su cuerpo. Cuando la tocó con la punta de la lengua una oleada de placer se apoderó de ella. Con los ojos cerrados, apretó los dientes para contener un gemido, pero estaba empezando a perder el control. Nunca había experimentado tal placer. El roce de su lengua la hacía gimotear y lo agarró del pelo mientras la necesidad de encontrar liberación crecía dentro de ella.

Y cuando llegó al clímax fue explosivo, fabuloso, increíble y todos los adjetivos superlativos que una vez la hubieran hecho poner los ojos en blanco.

–Me encanta cómo respondes, *meli mou* –murmuró Leo, viendo el placer en los brillantes ojos verdes.

Grace apenas se dio cuenta de que alargaba un brazo para buscar un preservativo. Su cuerpo aún se estremecía de placer, en un clímax tan poderoso como inesperado.

Se movió sobre ella, ligero y seguro como un puma, y cerró los ojos de nuevo. Iba a ocurrir, por fin iba a ocurrir y sería como cualquier otra mujer. Ya no estaría en la oscuridad, ya no sería ignorante. Pero no se le había ocurrido que cualquier hombre pudiera hacer que lo desease con tal desesperación.

Leo sujetó sus caderas para levantarla hacia él, pero al sentir el roce del duro miembro en su entrada se puso tensa justo en el momento en que empujaba. Sintió una quemazón en el tierno tejido de su canal y luego un dolor agudo, que provocó un grito de dolor.

Leo se quedó inmóvil.

–¿Te he hecho daño?

Grace imaginó que debía estar colorada como un tomate.

–Era virgen –admitió por fin.

–¿Virgen? –gritó Leo, como si lo hubiera abofeteado–. ¿Y me lo dices ahora?

–Es algo privado. Y ahora que lo sabes, ¿podemos seguir?

¿Seguir? Leo se habría reído si no estuviera tan desconcertado. No le gustaban las sorpresas, pero cuando Grace levantó las caderas, como recordándole que seguía dentro de ella, descubrió que su cuerpo era mucho menos quisquilloso.

Era la primera vez para ella y había algo especial, misteriosamente satisfactorio en ese descubrimiento. Era tan estrecha, tan cálida y húmeda que tenía que hacer un supremo esfuerzo para controlar el deseo. Se hundió en ella y respiró aliviado cuando no protestó.

Grace cerró los ojos de nuevo, las olas de placer reclamándola tras ese breve momento de dolor. Podía sentir que la ensanchaba mientras clavaba en ella sus caderas con cada embestida. Pero estaba teniendo cuidado.

–No te preocupes, ya no me duele –murmuró.

Leo aumentó el ritmo y un gemido gutural escapó de su garganta mientras se cerraba sobre él. Le gustaba tanto que no podía creerlo; no podía creer que hubiera vivido sin eso durante tanto tiempo, sin saber lo que estaba perdiéndose. Estaba maravillada, su corazón latiendo desbocado mientras Leo empujaba con fuerza. No podía hablar, no podía respirar de la emoción, sentía como si estuviera volando cuando su cuerpo se estremeció en otro intenso orgasmo. Un grito escapó de sus labios como respuesta al incendio en su pelvis, dejándola sin aire, agotada, pero experimentando una euforia que era completamente nueva para ella.

–¿Puedes decirme por qué? –le preguntó Leo después–. ¿Por qué me has elegido a mí?

–Fuiste tú quien me buscó –le recordó Grace, poniéndose de lado–. No busco nada, si eso es lo que te preocupa. Te encontré atractivo y decidí que había llegado el momento de dar el salto.

–Deberías habérmelo advertido.

–No esperaba sentir dolor. Después de años montando a caballo pensé que no... en fin, me había equivocado, pero gracias por la experiencia. Eres muy bueno.

Antes de su compromiso Leo había sido un mujeriego, pero el ingenuo halago lo sonrojó. Saltó de la cama y después de entrar en el baño masculló una palabrota.

Grace se incorporó, asustada. Cuando era niña no sabía que era una palabrota porque su madre solía usarla. Desgraciadamente cuando la pronunció en casa, su tía le había lavado la boca con jabón. Aún estaba vomitando cuando su tío volvió a casa. La pareja había tenido una fuerte discusión y Grace, por supuesto, no había vuelto a usar esa palabra.

Leo, que había entrado en el baño para quitarse el preservativo, reapareció completamente desnudo en la puerta.

–El preservativo se ha roto.

Grace se incorporó de un salto.

–¿Qué?

–No sabía que fuera tu primera vez y seguramente la presión lo ha roto –dijo él, enfadado porque era algo que no había esperado y que suponía un problema.

–¿Se ha roto? Pero yo no tomo la píldora...

Leo se puso rígido.

–¿No deberías haber tomado esa precaución antes de embarcarte en un revolcón con un desconocido?

Grace no respondió. No tenía que hacerlo solo porque se hubiera acostado con él. De hecho, todo había terminado y debería pedirle que la llevase a tierra firme. ¿O eso sería salir huyendo?

–¿Puedo usar el baño? –preguntó–. Y luego, si es posible, me gustaría volver al puerto.

Leo se apartó para dejarla pasar, pero estaba furioso. Ninguna mujer lo había tratado así antes, pero siempre había una primera vez para todo y tal vez era bueno para su ego. Entonces recordó que había sido su primera vez. Grace no sabía lo que estaba haciendo. No era solo reservada sino misteriosa y tan inocente como un corderito cuando se trataba de las cosas feas de la vida.

Sintió un sudor frío al pensar en lo que podría haberle pasado si él hubiera sido otro hombre.

–Quiero que te quedes a dormir. Te llevaré de vuelta mañana.

–Esto es un revolcón de una noche, así que no puedes decirme lo que debo hacer –protestó Grace.

–Ahora mismo no parece que sepas cuidar de ti misma –replicó él.

En un momento, el resentido silencio se convirtió en un furioso rencor y, para no traicionarse a sí misma diciendo algo inapropiado, Grace cerró la puerta del baño.

¿Quién creía que iba a cuidar de ella si tenía la mala suerte de quedarse embarazada? No era asunto suyo que hubiera ido de vacaciones sin planear acostarse con nadie y que no tomaba la píldora porque no quería bombardear su cuerpo con hormonas antes de ser sexualmente activa.

Grace se metió en la ducha, contando los días de su ciclo y percatándose de que el preservativo no podría haber fallado en peor momento.

Mascullando palabrotas, Leo salió de la cabina para usar la ducha de uno de los camarotes. ¿Por qué estaba enfadada con él? Había sido un accidente. Aunque era la primera vez que se encontraba en esa situación. Incluso de adolescente jamás había tenido relaciones sin usar preservativo porque sabía muy bien cuál podía ser el precio de esa temeridad. El nacimiento de su hermanastro había sido un doloroso compromiso de por vida para Anatole Zikos, su mujer y su hijo.

Grace salió del baño envuelta en un albornoz blanco que había encontrado colgado en la puerta. Le quedaba enorme, pero se lo había remangado y no lamentaba que la cubriese hasta los tobillos. Podría tener que pagar un precio muy alto por la intimidad que había buscado tan ingenuamente y se sentía más avergonzada que antes.

–Pensé que tendrías hambre –Leo señaló un carrito que había aparecido como por arte de magia–. No sé lo que te gusta, así que he pedido un poco de todo.

–¿Tienes a alguien cocinando para ti a las cuatro de la mañana? –exclamó Grace, atónita, aunque agradecía la distracción de la comida.

Se acercó descalza al carrito y levantó la tapa de una bandeja para inspeccionar el contenido. Su estómago protestó, aunque con un poco de suerte el ruido de la tapa de la cafetera que había dejado caer habría ocultado tan grosero rugido. En silencio, se sirvió un café y un plato de canapés.

Qué ironía que desde que conoció a Leo nunca se hubiera sentido tan consciente de su poderosa presencia como en el cargado silencio. Se había puesto unos vaqueros y una camiseta azul, el pelo negro alborotado y mojado de la ducha, la incipiente barba oscureciendo su rostro un poco más. Aunque aprensiva por las consecuencias de ese encuentro, debía admitir que Leo seguía siendo increíblemente guapo, el compendio de todas las fantasías femeninas.

–También tengo un médico al que podemos llamar para...

–No –lo interrumpió Grace antes de que pudiese terminar la frase. La píldora del día después era un tratamiento para evitar el embarazo que no deseaba tomar. Aunque un embarazo podría dañar sus posibilidades de terminar la carrera–. No quiero hacer eso.

–Bueno, tenía que ofrecértelo de todas formas –murmuró Leo–. ¿Cuándo vuelves a casa?

–Pasado mañana –Grace se dejó caer sobre un sillón.

–Quiero que me des tu dirección y tu teléfono. Esta es una situación que no podemos tomarnos a la ligera –Leo se sirvió torpemente una taza de café, traicionando la incomodidad de un hombre que no estaba acostumbrado a servirse y que parecía esperar que su compañera hiciese de anfitriona.

Grace lo miró por segunda vez desde que salió del baño. Le gustase o no, había subido un par de puntos en su estimación.

–Si me das tus datos de contacto, no tendremos que volver a hablar de esto. Solo quiero añadir que si... en fin, si ocurriese algo, tendrás todo mi apoyo.

–Sí, claro –Grace sabía que esas palabras no significaban nada. Estaba diciendo lo que debía, pero solo él y su conciencia sabrían cuál sería su compromiso en caso de un embarazo no planeado.

Después de todo, su propio padre había convencido a su madre para que no interrumpiese el embarazo cuando era estudiante. Había prometido casarse con ella y ayudarla a cuidar de su hija, pero después se había ido con otra mujer, dejando a Keira Donovan sola con una niña de menos de dos años. Eso había ocurrido en los días en los que ser madre soltera aún era un estigma y una vergüenza para muchas familias.

Leo dejó un cuaderno y bolígrafo sobre la mesa, donde Grace anotó su dirección y número de teléfono intentando controlar un bostezo.

–Lo siento, tengo mucho sueño.

–Es muy tarde, duérmete –murmuró él.

Grace imaginó la angustia de llegar al puerto antes del amanecer, buscar el apartamento y luego sentarse en recepción hasta que Stuart decidiese marcharse.

–Me quedaré... al menos tú tienes una cama –Grace apoyó la cabeza en la almohada, sin quitarse el albornoz.

–No iba a tocarte otra vez –dijo él, burlón.

–Te he ofendido y lo siento.

Cuando Grace cerró los ojos, Leo se desnudó, dejándose los calzoncillos, y después de apagar la luz se metió en la cama.

–¿Qué has querido decir con que yo tengo una cama?

–Nos alojamos en un apartamento de un solo dormitorio y mi prima conoció a un chico el primer día, así que he tenido que dormir en la recepción para que pudiese estar con él...

–¿Qué? ¡Pero eso es absurdo!

–No, no lo es. La familia de Jenna paga estas vacaciones... –Grace le explicó brevemente la situación–. Ahora que ha conocido a Stuart, yo estoy de sobra.

–Pero imagino que sus padres se pondrán furiosos cuando sepan cómo te trata.

–No, Jenna siempre consigue lo que quiere –murmuró Grace, adormilada–. Siempre ha sido así. Ella es la hija, la princesita... yo soy la sobrina a la que acogieron en su casa por caridad.

–Pero hacer tales distingos entre dos niñas de la misma familia... –empezó a decir Leo, enfadado. Y entonces se dio cuenta de que Grace estaba dormida.

Un momento después, recordando sus palabras, se

dio cuenta de que había muchas similitudes entre la relación de Grace con su prima y la suya con el hermanastro al que odiaba. Sí, también en su casa se habían hecho distingos a favor del hijo legítimo, él. Y por primera vez en su vida reconoció el punto de vista de Bastien.

¿Era una sorpresa que su hermanastro hubiera estado resentido de niño y se hubiese convertido en un hombre fieramente competitivo e incluso agresivo?

Leo se quedó pensativo y tardó mucho tiempo en conciliar el sueño.

Capítulo 4

NO, POR favor, no me digas que ha sido genial –dijo Grace, riendo, cuando la ayudó a subir a la motora que los llevaría a puerto. Al mundo real, nada que ver con la fantasía en la que un chef personal les había servido un desayuno de cine.

–¿Por qué no? –preguntó Leo, extrañamente inquieto por su aparente buen humor al despedirse.

–Porque tú sabes que ha sido un desastre de principio a fin, pero eres demasiado amable como para reconocerlo. No ha sido lo que tú esperabas –dijo Grace mientras se sentaba en la lancha.

Leo, a quien rara vez algo lo pillaba por sorpresa, sintió que le ardía la cara y pensó que de verdad era una mujer extraordinaria. Decía exactamente lo que pensaba, sin la vanidad que él había creído todas las mujeres poseían.

–Estaremos en contacto...

–No es necesario –lo interrumpió ella, como si fuera un niño de cinco años importunando a una ocupada profesora.

–Yo decidiré si es necesario –replicó él, impaciente.

Desde la cubierta, Leo vio que la lancha la llevaba de vuelta al puerto, sintiendo una sensación de... ¿pesar? Había estado a punto de pedirle que se quedase con él hasta que tuviera que volver a casa. ¿Por qué?

Grace había dicho la verdad: la noche había sido un desastre. En lugar de una mujer experimentada y un maratón sexual, había dado con una virgen. Y luego estaba el incidente con el preservativo.

Apretó los dientes, airado.

Por alguna razón inexplicable no tenía prisa en despedirse de Grace. Se había quedado estupefacto al sospechar que sentía más de lo que debería sentir por esa chica y desde ese momento quería despedirse. Sin embargo, sus sollozos durante el orgasmo aún resonaban en sus oídos y se excitó al recordar lo estrecha que era, tan ardiente. Desde su punto de vista, aunque poco, el sexo había sido estelar. De hecho, había algo peligrosamente adictivo en Grace Donovan y librarse de ella era lo que debía hacer y cuanto antes mejor.

Tres semanas después de ese día, Grace se hizo una prueba de embarazo en el baño de la casa de sus tíos.

Tenía los nervios de punta y más cuando su ciclo menstrual no apareció en la fecha esperada. Desgraciadamente, las pruebas de embarazo eran muy caras y tuvo que esperar unos días para que no diese un resultado falso. Y en ese instante estaba preparándose para el momento de la vedad, aunque sus estudios le daban razones para tener miedo.

Lo último que necesitaba esa semana era un impaciente mensaje de Leo Zikos pidiéndole noticias que aún no tenía, de modo que no se molestó en responder.

Se le encogió el corazón al ver el resultado: positivo.

Maldita fuera, pensó tontamente. ¿Por qué no podía ser estéril? Pero no, eran dos jóvenes sanos y las posibilidades no habían estado a su favor.

¡Embarazada!

El miedo hizo que sintiera un sudor frío. Nadie sabía mejor que ella lo difícil, imposible casi, que sería terminar sus estudios con un hijo y sin nadie que la ayudase. De repente, se enfureció consigo misma por no haberse protegido contra esa eventualidad. Había pensado que tendría eso controlado cuando llegase el momento, pero Leo Zikos y sus preciosos ojos le habían demostrado que estaba equivocada. ¿Y a qué precio?

Leo... había pensado mucho en él durante las últimas semanas, mientras intentaba olvidar el episodio y seguir adelante con su vida normal. Había descubierto que había un lado soñador en su personalidad que nunca había sospechado. Pero no valía de nada, pensó con amargura, guardando la prueba de embarazo en una bolsa de plástico para tirarla discretamente.

¿Debía contárselo a Leo? Sin duda, tendría que contárselo tarde o temprano, pero no hasta que decidiese lo que iba a hacer. En ese momento tenía cosas más importantes de las que preocuparse que llamar a un hombre del que apenas sabía nada y que no tenía más que dinero que ofrecer en términos de apoyo. Sospechaba que Leo esperaría que abortase y cuando le dijera que no iba a hacerlo se pondría furioso.

¿Sería igual que su padre, al que apenas había conocido? Grace arrugó la nariz. No quería pensar eso. Era demasiado inteligente como para no saber que su madre le había contagiado su amargura. Tristemente, entonces era demasiado joven para entender esas cosas, demasiado inocente como para sentir algo más que dolor por un padre ausente que nunca había sentido la necesidad de conocer a su hija. Su padre tenía otra familia. Lo había buscado en Facebook y sabía que tenía hijos con el mismo pelo rojo que ella; hijos de la mujer con la que se había casado después de abandonar a su madre. Sin embargo, su padre había querido que naciese... ¿cómo iba a hacer ella otra cosa con su propio hijo?

Le gustaban los niños, pero había creído que los tendría algún día, en un futuro lejano. Todo había cambiado y tenía que hacer un esfuerzo para no pensar en términos sentimentales. A juzgar por su propia experiencia, lo mejor para el bebé sería darlo en adopción para que tuviese un padre y una madre, una familia estable; todo lo que ella no podía darle en ese momento.

¿No le debía a su hijo el mejor comienzo posible en la vida? ¿Qué podía darle ella? Las responsabilidades de ser madre soltera habían hecho sufrir tanto a su madre...

Keira Donovan siempre estuvo resentida con ella, culpándola por su falta de libertad. Siempre les faltaba el dinero para las cosas más necesarias y solía dejarla al cuidado de niñeras adolescentes que no se preocupaban de ella. Grace había deseado tener un padre, una figura estable en su vida, y temía fallarle a su hijo como su madre le había fallado a ella. Pero, aun siendo consciente de todo eso, experimentaba una respuesta visceral a la maternidad y la idea de entregar el niño a otras personas le partía el corazón.

El picaporte de su habitación se movió.

–¿Grace, estás ahí? –era la voz de su tía, agria y exigente.

Escondiendo la bolsa, Grace abrió la puerta.

Della Donovan puso una mano en su brazo cuando se dirigía al pasillo.

–¿Estás embarazada? –le preguntó abruptamente.

Sorprendida, porque no había compartido con nadie sus preocupaciones, Grace se enderezó, enarcando las cejas.

–¿Por qué me preguntas eso?

–Ah, eso podría ser culpa mía –Jenna, al pie de la escalera, dejó escapar un suspiro de falsa simpatía–. Estaba detrás de ti en la caja del supermercado y vi que comprabas una prueba de embarazo...

Grace perdió el color de la cara.

–Sí, estoy embarazada –admitió.

Su tía, siempre una mujer cambiante, perdió la paciencia en un segundo. Cuando terminó de gritar, amenazar e insultar a su sobrina por su falta de moral, Grace sabía que ya no podía seguir viviendo allí. Della había dicho cosas sobre ella y su difunta madre que no le perdonaría nunca.

Blanca como una pared, atónita después de tan desagradable confrontación, llamó a Matt y sacó su maleta del armario. No podía hacer otra cosa.

Su vida, la vida que tanto le había costado conseguir, estaba hundiéndose como nunca había imaginado, pensó, con el corazón encogido.

Esa misma semana, Leo había enviado un mensaje a Grace al que ella no había respondido y estaba cansado de esperar y despertar en medio de la noche preguntándose...

En poco más de dos meses estaría casado. Marina lo había llamado en varias ocasiones para pedir su opinión sobre cuestiones triviales relacionadas con los preparativos, sin cuestionar nunca si estaban haciendo lo que debían. Y eso lo había convencido de que él era el único que tenía dudas.

Tristemente, unas semanas antes no había tenido la menor duda de que quería casarse con Marina. Se había fijado un objetivo, había tomado una decisión y no había más que decir, pero entendía perfectamente por qué se había acostado con Grace Donovan esa noche. Estaba enfadado con Marina y lleno de recelos sobre su futuro. Desafortunadamente, eso seguía sin explicar por qué Grace había aparecido con la fuerza de un torpedo golpeando su yate bajo la línea de flotación. No explicaba por qué había tenido con ella la experiencia sexual más increíble de su nada inocente vida y por qué, con la menor excusa, habría repetido la experiencia.

En consecuencia, había investigado quién era Grace Donovan mientras esperaba saber de ella, y lo que había descubierto lo dejó aún más desconcertado. Su infancia había sido terrible y su adolescencia no mucho mejor. Decía mucho de su carácter que hubiese conseguido llegar tan lejos a pesar de esas desventajas. Sin embargo, había cosas que no entendía. ¿Por qué una joven tan bien informada, estudiante de último curso de Medicina, no tomaba anticonceptivos? ¿Y por qué no le había dicho lo que estudiaba? Leo sabía que un embarazo no planeado sería un grave problema para ella.

Cuando la curiosidad, las preguntas sin respuesta y la necesidad de saber si tenían o no ese problema llegaron a un nivel crítico, se negó a seguir esperando.

Le dio la dirección a su chófer y apretó los labios, enfadado porque Grace lo había obligado a buscarla. ¿Cómo iba a cerrar los ojos y esperar que no ocurriese nada? ¿Cómo iba a arriesgarse a contraer matrimonio con Marina sin saberlo con certeza? La respuesta a ambas preguntas era que no podía seguir ignorando la situación, sabiendo muy bien cuáles serían las consecuencias para Grace si estuviera embarazada. Además, no podía creer que su legendaria buena suerte con las mujeres fuese a cambiar por algo tan básico como un espermatozoide y un óvulo encontrándose en el útero equivocado.

Una hora después, cuando no encontró a Grace en la dirección que le había dado, Leo era considerablemente menos optimista. La frígida rubia de mediana edad que aceptó su tarjeta de visita cambió de actitud al ver la limusina y se volvió más amable, pero Leo estaba deseando irse de allí. No quería saber nada de una mujer que había echado de casa a la madre de su futuro hijo. Su futuro hijo... era algo que aún no podía digerir, algo tan importante que aún no se hacía a la idea. Además, la rubia se había referido a Grace en términos injustos e insultantes, dando a entender que era poco menos que una fulana.

Thee mou, iba a ser padre... le gustase o no. Respiró profundamente, sabiendo que su vida había cambiado para siempre, y llamó por teléfono a Marina.

–Vaya por Dios –Marina emitió un suspiro de lo que parecía falsa comprensión–. Parece que has sido más indiscreto que yo con mi hombre casado, ¿no? ¿Qué vas a hacer?

–Tenemos que hablar.

–No, sospecho que ahora mismo tienes que hacer

eso con la madre de tu hijo, no conmigo –respondió ella–. Menudo desastre.

Leo apretó los dientes, pero no podía decir nada en su defensa. Su perfectamente organizada vida había descarrilado violentamente en el peor momento. ¿Dónde quedaban sus planes de futuro? Y todo porque un preservativo lo había traicionado, se dijo amargamente. Masculló una palabrota antes de indicarle al conductor la dirección que la rubia le había dado, preguntándose quién sería Matt Davidson y cuál era su relación con Grace.

No tenía celos, por supuesto. Pero Grace Donovan iba a ser la madre de su primer hijo y su reputación importaba mucho más en ese momento que la noche que se conocieron.

¿Estaría yendo por el mismo camino de destrucción que su padre había tomado antes que él?, se preguntó, amargado. No, no iba a casarse con una mujer por su dinero mientras otra, más pobre y embarazada de su hijo, se quedaba sola. Y afortunadamente el amor no entraba en la ecuación.

Anatole Zikos se había casado con su madre estando enamorado de su amante y nunca había dejado de estarlo. Leo se enorgullecía de ser más sensato y menos emocional que su padre y, aunque la situación era un problema, buscaría una solución que fuese aceptable tanto para Grace como para él.

Grace estaba canturreando mientras cocinaba, agradeciendo que el olor a pollo y verduras no le produjese náuseas como le ocurría con los fritos. Por suerte, aún no habían empezado las clases y estaba estudiando en casa.

Cuando sonó el timbre se preguntó si Matt habría olvidado la llave. Los padres de su amigo habían muerto cuando él tenía dieciocho años, dejándole dinero para comprar un apartamento. La había instalado en la habitación de invitados, pero temiendo estar aprovechándose de él había decidido cocinar y limpiar para demostrarle cuánto agradecía su hospitalidad.

Descalza, salió al pasillo con unos vaqueros y un jersey de rayas azules y blancas, su largo pelo sujeto en una trenza que caía por la espalda.

–Leo... –murmuró, atónita, al encontrar al protagonista de sus sueños en carne hueso al otro lado de la puerta.

–¿Por qué no has contestado a mi mensaje?

–Porque entonces no tenía una respuesta.

No llevaba ni gota de maquillaje y el brillo de sus ojos verdes lo dejó petrificado. Estaba más guapa que la última vez y el recuerdo de esas pálidas manos acariciándolo despertó una inapropiada oleada de deseo.

–Tu tía te ha echado de su casa.

–Ah, así es como has descubierto dónde vivo ahora –Grace sacudió la cabeza–. Mi tío vino a verme antes de ayer y me pidió que volviese a casa, pero no quiero crear problemas entre ellos –admitió luego, abrumada por su proximidad. No llevaba tacones y sin ellos le sacaba dos cabezas. Con esos hombros tan anchos, las largas y poderosas piernas, la arrogante cabeza... Era un hombre imponente, pero mirarlo era un error.

Tenía unos ojos preciosos, dorados a la luz del día, que la dejaban clavada al sitio mientras los latidos de su corazón se aceleraban y se le hacía un nudo de innegable emoción en el pecho.

«Solo es atracción física, tonta», se regañó a sí misma. Pero Leo Zikos era un hombre extraordinariamente guapo y no era una sorpresa que reaccionase así, particularmente cuando se había acostado con él y sabía que bajo el traje de chaqueta era incluso más impresionante. Ese último pensamiento le produjo tal bochorno que su pálida piel se volvió escarlata.

–Nunca había visto a nadie ruborizarse de ese modo –comentó Leo, viendo que el rubor bajaba por su garganta.

–Deberías fingir que no te has dado cuenta, no avergonzarme aún más –lo reprendió Grace–. Es culpa de mi piel... es demasiado clara y se nota enseguida.

Leo no sabía dónde iba esa conversación, pero no había ido con un guion preparado. Grace dio media vuelta para atender un wok y, en ese momento, oyó el ruido de una llave en la puerta.

Un joven de pelo castaño y brillantes ojos azules bajo unas gafas de montura metálica entró en la cocina un segundo después.

–Matt, te presento a Leo.

–Ah, ya... –Matt lo miró con furiosa desaprobación–. Por supuesto, querréis hablar a solas. Id al salón, yo me encargo de la cena.

–Gracias –Grace abrió una puerta y le hizo una seña para que la siguiera.

Leo siempre había tenido un gran talento para juzgar a la gente y notó la hostilidad de Matt, de la que Grace no parecía darse cuenta.

–¿Qué relación tienes con Matt? –le preguntó en cuanto cerró la puerta.

–Es un buen amigo. Como no había avisado con tiempo, en la universidad no podían encontrar habitación para mí, así que agradezco mucho que Matt me deje vivir aquí –respondió Grace–. Estamos en el mismo curso.

–¿Por qué te ha echado de casa tu familia? –quiso saber Leo, colocándose frente a la ventana de la pequeña habitación llena de libros, muchos de ellos sobre la mesa y el sofá.

Grace lo miró, cansada.

–Creo que ya sabes por qué.

–Pero esa noticia deberías habérmela dado tú personalmente. Tenía derecho a saberlo de primera mano.

–Y tal vez lo habría hecho si tuviéramos una relación –respondió Grace–. Pero como no es así, la situación es diferente.

Leo tuvo que hacer un esfuerzo para contener su impaciencia mientras ella le recordaba obstinadamente algo que ya sabía.

–Si estás embarazada, definitivamente tenemos una relación –la contradijo.

Grace arrugó la nariz.

–Bueno, voy a tener un hijo contigo –asintió– pero no tenemos ninguna relación.

–¿Ah, no? –Leo estaba empezando a enfadarse por esa actitud tan obstinada.

–Puedo arreglármelas sola. Soy muy independiente –le informó Grace–. Seguiré con mis estudios y cuando llegue el momento daré al bebé en adopción.

–¿Adopción? –repitió Leo, totalmente desconcertado porque era una posibilidad en la que ni siquiera había pensado–. ¿Piensas dar a nuestro hijo en adopción?

Grace unió los dedos para esconder que le temblaban las manos.

–Sé que no será una decisión fácil cuando llegue el momento. No quiero abandonar a mi hijo, pero me crio una madre soltera hasta los nueve años y te aseguro que no fue fácil.

–Pero... –Leo tenía que hacer un esfuerzo para controlar sus emociones, algo que no le ocurría nunca. Por supuesto, la referencia a la adopción lo había tomado por sorpresa. La idea de no conocer nunca a su hijo y no tener derecho a verlo lo dejaba horrorizado, pero incluso el instintivo rechazo a esa proposición era una revelación para él.

–¿Qué?

No apruebo esa solución, Grace.

–Que yo sepa, no tienes ningún derecho a opinar sobre el tema –replicó ella, con tono de disculpa más que de desafío–. Solo los padres casados tienen ese derecho.

–Entonces me casaré contigo.

Grace dejó escapar una exclamación.

–No digas tonterías. Los extraños no se casan.

Él levantó su oscura cabeza, mirándola con esos ojos hipnotizadores.

–Me da igual que nos casemos o no, pero aunque tú no quieras ese hijo, yo sí lo quiero y estoy dispuesto a criarlo solo si fuera necesario.

Grace lo miró, sorprendida.

–No es una cuestión de querer o no querer al bebé... es más bien una cuestión de qué puedo ofrecerle a mi hijo y cómo podría atenderlo. Y la verdad es que, siendo una estudiante sin casa propia ni dinero, tengo muy poco que ofrecer.

–Mientras, por otro lado, yo sí tengo mucho que ofrecer y podría ayudarte –dijo Leo–. Y creo que, por el momento, lo mejor sería que vivieras conmigo en Londres.

–¿Contigo? –exclamó ella, incrédula–. ¿Por qué iba a vivir contigo?

–Porque estás embarazada de mi hijo y quiero darte todo el apoyo posible hasta que nazca –explicó él sin vacilación.

–Estoy muy cómoda aquí, con Matt –Grace frunció el ceño.

Leo estaba ofreciéndole opciones que no había esperado. Llevaba varios días preocupándose por las alternativas, antes de llegar a la conclusión de que la adopción era la respuesta más sensata a su problema. Pero, de repente, Leo exigía compartir esa responsabilidad y eso complicaba la situación...

–Alojarte en casa de Matt no me parece sensato.

–¿Por qué no? Es un buen amigo.

–Pero quiere ser algo más. Matt está enamorado de ti.

–Eso no es verdad, solo es un amigo.

–Un amigo se sentiría aliviado cuando el padre de tu hijo se interesa por la situación, pero uno que quiere ser tu amante se siente amenazado y eso es lo que le pasa a Matt –dijo Leo, impaciente–. Tú no eres tonta, Grace. Tu amigo quiere que vivas con él porque está enamorado de ti.

–Eso no es cierto. ¿Qué sabes tú?

No podía ser. ¿O sí? Grace pensó en el comportamiento de Matt, en su generosidad, en sus gestos de cariño, preguntándose si era posible que hubiese estado tan ciega.

–Solo sé lo que he visto en su cara en cuanto supo quién era –respondió Leo–. No le estás haciendo ningún favor alojándote aquí... a menos, claro, que tú sientas lo mismo por él.

–No, yo no estoy enamorada de Matt –murmuró ella, reconociendo la verdad en ese argumento. Si era cierto que Matt quería de ella algo más que amistad, también era cierto que no había ninguna posibilidad de ofrecérselo. La intensidad de su atracción por Leo había destruido para siempre la posibilidad de que su relación con Matt pudiese llegar a algo más. Desde que Leo le mostró su capacidad de sentir físicamente, más de lo que había soñado nunca, su antigua convicción de que Matt y ella podrían ser una pareja había muerto para siempre.

–Entonces múdate a mi apartamento, donde no habrá ninguna presión.

Grace querría darle una bofetada por interrumpir todas sus protestas empleando un argumento calculado para hacer que se lo pensara. Matt siempre estaba a su lado cuando lo necesitaba, ayudándola y acompañándola, pero no le hacía ningún favor viviendo con él si esperaba algo más que una amistad. Y si era así, cuanto antes se fuese de allí mejor, tuvo que reconocer.

–¿Cuándo?

–No tiene sentido perder más tiempo. ¿Por qué no ahora mismo? No creo que tengas muchas cosas que guardar, solo llevas aquí un par de días –Leo intentó disimular su satisfacción.

Matt amenazaba con involucrarse en una situación que no era asunto suyo y quería eliminar esa amenaza antes de que provocase algún problema.

Mientras esperaba en la habitación oyó que Matt levantaba la voz y a Grace explicando por qué se mudaba. Era la madre de su hijo, pensó. En su experiencia, un papel poco feliz, pero si la adopción estaba en el horizonte tenía que encontrar una alternativa. Grace ni siquiera se había parado a pensarlo cuando le pidió que se casara con él.

Leo sonrió. Era demasiado inteligente como para no saber qué lo hacía tan atractivo para el sexo opuesto: primero y sobre todo su dinero, seguido de su aspecto físico y su talento en la cama.

Pero Grace desdeñaba esa combinación ganadora, haciendo lo que ninguna otra mujer había hecho: rechazarlo. Aunque no lo había rechazado la noche que empezó todo, pensó, satisfecho; una satisfacción que no había desaparecido a pesar de la noticia que acababa de recibir.

Las pertenencias de Grace consistían en una vieja maleta, dos cajas y una pila de libros. Matt insistió en ayudarlos a llevar las posesiones de Grace a la limusina y el conductor le quitó la maleta de las manos mientras dos de sus guardaespaldas tomaban las cajas.

–Cuida de ella y no se te ocurra hacerle daño –dijo Matt con tono amenazador antes de que Leo pudiera subir al coche.

–No lo haré –replicó, frío y seco, con tono de desafío.

–No puedo creer que esté haciendo esto –se lamentó Grace, que empezaba a tener dudas. Leo la había sacado del apartamento a la velocidad del rayo.

–Ahora mismo necesitas tiempo para decidir lo que quieres hacer –dijo él–. Unos cuantos días, unas semanas, lo que haga falta. No deberías tomar decisiones tan importantes sin pensarlo bien.

–¿No quieres que dé el niño en adopción? –preguntó Grace, apretando las manos en su regazo.

–¿Por qué iba a querer eso? Estoy dispuesto a ayudarte en todo. Hay otras opciones y creo que deberías tomarlas en consideración.

Grace sabía que estaba poniéndola contra la espada y la pared y sabía también que era injusto. Era una situación muy estresante y no estaba dispuesta a dejarse presionar.

–Este año termino la carrera y tendré que pasar muchas horas trabajando en el hospital. Hacer eso estando embarazada no será fácil –admitió.

–Podemos encontrar una solución. He pedido cita con un médico amigo mío. Lo llamaremos en cuanto lleguemos...

–¿Un médico amigo tuyo? Pero yo tengo mi propio médico.

–Quiero confirmar tu embarazo y comprobar que estás bien de salud –admitió él.

Grace exhaló un largo suspiro, conteniendo su frustración. Tenía derecho a hacerlo, pensó. O no, pero iba a insistir de todos modos.

El amigo de Leo tenía una clínica privada donde le hicieron una prueba de embarazo a velocidad supersónica. Después, el amable médico le hizo un chequeo y le dio los usuales consejos a las mujeres embarazadas.

Habiendo satisfecho la petición de Leo, Grace fue callada durante el viaje de vuelta en la limusina, pensando en su bebé. Tal vez la decisión de darle en adopción era demasiado precipitada, una solución que le permitiría seguir adelante con sus estudios tras el nacimiento del niño como si nunca hubiera estado embarazada. La idea de volver a la normalidad resultaba muy atractiva, ¿pero qué clase de normalidad iba a ser cuando tendría que vivir para siempre sabiendo que había entregado a su hijo a unos extraños?

Sintió un escalofrío al pensar en ello. La adopción era algo definitivo y podría sentenciarla a vivir con el corazón roto para siempre. De repente, la oportunidad de poder pensar tranquilamente, sin tener que preocuparse de dónde vivir o lo que pensaría la gente le parecía maravillosa. Leo podía ser muy sensato cuando quería.

Cuando llegaron a un exclusivo bloque de apartamentos en la mejor zona de la ciudad, sus guardaespaldas y su equipaje subieron en el ascensor de servicio mientras ellos usaban un ascensor más pequeño, pero más lujoso.

Su corazón se aceleró al ver el brillo de sus ojos y giró la cabeza, pero en el espejo podía ver el lujurioso pelo negro que le gustaría acariciar, el arrogante ángulo de la cabeza y el firme mentón, la confianza que exudaba y que, inexplicablemente, la atraía como un imán. Se le quedó la boca seca y tuvo que hacer un esfuerzo para tragar saliva. Se sentía incómoda, rara, fuera de su elemento. Parecía convertirse en una extraña en presencia de Leo; una extraña con insólitos pensamientos y muy poco control sobre su cuerpo.

–Deja de luchar –dijo Leo en voz baja.

Grace levantó la mirada.

–¿Luchar contra qué?

–Esto...

Alargó una mano para atraerla hacia su cuerpo, haciendo que entrase en contacto con la dura erección. Su estómago dio un vuelco y se le doblaron las rodillas.

–Es una locura...

–El deseo más poderoso que he sentido en mi vida –confesó Leo–. Lo sentí la primera vez que te vi y tuve que hacer un esfuerzo para dejarte ir, pero estoy harto de ser sensato.

Totalmente desconcertada por tal admisión, Grace abrió los labios.

–Pero...

–Nada de peros, *meli mou* –musitó Leo, acariciando sus labios con su aliento–. La palabra que estás buscado es sí. Sí, Leo.

Un suspiro burlón escapó de la garganta de Grace.

–Espero que seas paciente.

–No, en absoluto –Leo se apoderó de su boca con una pasión que la hizo clavar las uñas en sus hombros. Cuando intentó apartarse él, la apretó más, sus besos debilitándola, haciendo que le temblasen las piernas.

Sabía dulce y tan increíblemente bien que no se cansaba. Apenas se dio cuenta de que se abrían las puertas del ascensor, pero Leo la tomó en brazos mascullando algo en griego.

Estaba viviendo aquella experiencia como si fuera otra persona porque un deseo que no podía controlar se había hecho con el control de su cuerpo.

Capítulo 5

LEO la dejó sobre una cama enorme.

–Quiero que sepas que no te he traído aquí para esto –dijo con voz ronca–. No lo había planeado.

Sus oscuras facciones estaban tensas, pero había un brillo de vulnerabilidad en sus ojos, como rogando que lo creyese. Y Grace lo creía. Su cuerpo estaba tan acelerado como un coche de carreras en la parrilla de salida. Era consciente de todas sus zonas erógenas... sus pechos hinchados, una sensación de vacío en su interior. Era deseo sexual, puro deseo sexual, se repitió a sí misma como si reconociéndolo pudiera minimizar su efecto.

–Había pensado que nos sentaríamos como dos personas civilizadas para cenar –dijo Leo impaciente, apartándose de la cama como si no confiara en sí mismo estando tan cerca–. ¡Pero no puedo apartar las manos de ti!

Esa declaración hacía que Grace se sintiera totalmente irresistible y era maravilloso para su ego, dañado por los insultos de su tía, el desprecio de su prima y el dolido «¿cómo has podido ser tan tonta?» de Matt. Pero allí estaba Leo, increíblemente apuesto, rico y carismático, diciendo que la deseaba cuando estaba segura de que debía conocer a mujeres mucho más guapas que ella.

–Creo que a mí me pasa igual –admitió con voz temblorosa. Desearlo tanto casi le dolía, aunque se decía a sí misma que era total e imperdonablemente superficial.

Leo apoyó una rodilla sobre la cama.

–¿Tú crees?

–Lo sé –dijo ella sin aliento, mirando sus espectaculares ojos dorados. Se moriría si no la tocaba. No podía mentir sobre el abrumador deseo que la encendía como un fuego artificial.

–Te deseo tanto que me está volviendo loco –susurró Leo, aplastándola con su peso–. No me gusta perder el control y...

A Grace tampoco, pero no podía hacer nada. Sus manos se levantaron como por voluntad propia para acariciar el pelo negro que caía sobre su frente. La lluvia golpeaba las ventanas del dormitorio mientras su corazón latía desbocado en el silencio de la habitación. Las densas pestañas negras se levantaron y se olvidó de respirar, registrando en algún momento, y sin detenerse a pensarlo, que lo que estaba empezando a sentir por Leo Zikos era mucho más poderoso de lo que había imaginado.

Durante un segundo el miedo la atenazó; miedo a sentirse herida, humillada, rechazada, pero apartó esas objeciones. Solo durante unas horas, se prometió a sí misma, viviría ese momento de paz, sin pensar, sin juzgar, porque pronto se vería forzada a lidiar con las consecuencias de su accidental embarazo.

Leo colocó un mechón de pelo tras su oreja, notando lo pequeña que era y que en su último encuentro había contado mal las pecas en su nariz. Había cinco, no cuatro, diminutas pecas marrones que acentuaban la claridad de su piel de porcelana.

La tomó por la cintura, levantándola para quitarle el jersey. Estaba embarazada, se recordó a sí mismo, mareado, porque era una noticia que aún le resultaba irreal. Debía tener cuidado y eso sería un desafío cuando su crudo deseo por ella amenazaba con explotar.

—¿Podemos hacer esto? —preguntó, incómodo.

—Por favor, estoy tan sana como un caballo —Grace se ruborizó al ver que miraba el nacimiento de sus pechos bajo el sujetador de encaje.

—Pero eres infinitamente más sensual —bromeó Leo, apartándose para quitarse el traje aunque le gustaría quedarse pegado a ella—. Tan delicada y, sin embargo, tan voluptuosa.

Grace tuvo que sonreír.

—Tienes el don de la palabra, como mi madre irlandesa solía decir. Las mujeres deben caer rendidas ante esos halagos.

Según la experiencia de Leo, las mujeres eran mucho más agresivas en su deseo de llamar su atención y compartir su cama, pero su inocencia lo hizo sonreír.

Dejó caer la camisa al suelo, sus músculos abdominales flexionándose bajo la mirada femenina. Grace se quitó los vaqueros, ruborizándose por las bragas de colegiala que llevaba. Nunca había tenido dinero para comprar ropa interior cara y pensar eso hizo que dejase de pensar en la turbadora verdad: que estaba sucumbiendo al magnetismo de Leo otra vez. ¿Qué le pasaba?

Lo deseaba con todas las fibras de su ser, tanto

como él parecía desearla. Era el padre del hijo que esperaba, no era un hombre irresponsable o desagradable y no había ninguna razón por la que no pudieran estar juntos de nuevo... ¿o sí? ¿Tenía que ser la sensata Grace a todas horas? Recordó entonces lo que había pasado la noche que conoció a Leo. Y la razón por la que estaban allí.

–Piensas demasiado –dijo él, tomándola entre sus brazos–. Y te pones muy seria.

Estaba ardiendo en contraste con su cuerpo, y era tan deliciosamente diferente. Duro donde ella era blanda, fuerte donde ella era suave. El deseo era como un cuchillo clavado en su carne. Rozó su musculoso torso con la punta de los dedos cuando se inclinó sobre ella. El beso que le robó fue explosivo. Chupaba y mordisqueaba su labio inferior, excitándola con la ocasional invasión de su lengua.

Grace pasó los dedos por un muslo cubierto de duro vello oscuro y rozó la dura erección antes de empujarlo sobre la almohada. Sorprendido, Leo iba a incorporarse cuando la boca de Grace se cerró sobre él como un guante y cualquier idea de resistir desapareció. Mechones de pelo rojo bailaban sobre su piel mientras movía la cabeza arriba y abajo...

–¿Bien? –susurró después, su rostro tan rojo como una manzana.

–Mejor que bien –admitió Leo con voz ronca, hipnotizado por cómo lo tocaba y deseando más.

Cuando lo tomó profundamente, levantó las caderas hacia ella sin poder evitarlo. Un gemido escapó de su garganta, casi un gruñido animal, mientras Grace lo acariciaba con los dedos y la lengua. Aumentó el ritmo, moviéndose más rápido... hasta que no pudo más.

–Espectacular... –consiguió decir Leo, con los dientes apretados, después del orgasmo más largo de su vida.

Grace se echó hacia atrás, sintiéndose satisfecha. Ya no era la tímida e ignorante virgen que necesitaba instrucciones. Había disfrutado haciéndolo.

Leo puso una mano en su mejilla para mirarla, sus ojos más dorados que nunca.

–Siempre me sorprendes.

Cuando rozó sus erguidos pezones con los pulgares Grace cerró los ojos, perdiéndose en un mundo de sensaciones cuando él le quitó las bragas para descubrir su caliente y húmedo sexo esperándolo. Nada la había excitado más que ver a Leo gritando de gozo.

Se colocó sobre ella dejando escapar un gruñido, el ardiente taladro de su miembro empujando en su tierna carne. Una oleada de emoción desconocida hizo que apretase la pelvis, su corazón latiendo como loco. Quería aquello, lo deseaba tanto que estaba temblando, sin aliento, con una descarga de adrenalina tan poderosa que apenas podía contenerse.

–Eres asombrosa –Leo intentaba mantener el control mientras besaba su glorioso cuerpo.

Grace levantó las caderas para enredar las piernas en su cintura.

–No soy de porcelana –susurró.

Dejando escapar un suspiro de alivio, Leo se rindió al crudo deseo perdiéndose en su estrecho canal una y otra vez.

Grace no podía respirar mientras él se movía con la fuerza de un animal. Necesitaba liberarse y cuando llegó sintió que subía hasta el cielo. El intenso placer aumentaba en un asombroso crescendo de sensaciones que la dejaron temblando, las sacudidas posterio-res tan placenteras como el orgasmo.

Se dio cuenta entonces de que Leo se había levan-tado de la cama, sin duda para quitarse el preservati-vo. Mientras esperaba su regreso oyó el grifo de la ducha y se dio cuenta de que no habría cálido abrazo después de la intimidad. Eso la sorprendió porque Leo era dado a gestos afectuosos. ¿Tendría miedo de que pensara lo que no era? ¿Temía que un abrazo pudiera hacerla creer que sentía algo por ella?

Se movió, incómoda. Sabía que estaba empezando a sentir algo por Leo Zikos, algo que iba más allá de las barreras que había impuesto. Considerando lo in-creíblemente guapo que era, su reacción era normal y, naturalmente, había algo muy atractivo en su insa-ciable deseo por ella o que fuese el padre de su hijo. Pero no quería sufrir enamorándose de alguien que no iba a corresponderla. Nadie quería que le rompie-sen el corazón, pero aquel era el momento no solo para pensar en su próxima maternidad sino para co-nocerse mejor y explorar sus sentimientos.

Cuando Leo volvió a la cama, Grace estaba dor-mida. Al amanecer, la rozó sin darse cuenta y la nove-dad de estar en la cama con otra persona lo despertó. Se quedó inmóvil en la oscuridad, escuchando la suave respiración de Grace. Frunció el ceño y apartó el brazo que, inexplicablemente, había puesto sobre su cintura en un gesto posesivo antes de saltar de la cama para ponerse unos vaqueros y una camiseta. Se dirigió al salón para comprobar sus mensajes y vio uno de su pa-dre. Anatole estaría en Londres el sábado y quería sa-ber si podían verse.

Leo dejó escapar un suspiro. Él estaría al otro lado

del mundo, pero tendría que llevar a Grace a otro sitio porque su padre y su hermanastro solían alojarse en el apartamento cuando iban a Londres. Dejar a Grace allí exigiría unas explicaciones que aún no estaba dispuesto a dar.

Se pasó una mano impaciente por el pelo alborotado. ¿A qué estaba jugando? ¿Qué demonios estaba pensando cuando volvió a acostarse con Grace? No había respuesta a aquel enredo en el que los dos estaban metidos y acostarse con ella otra vez lo había complicado todo aún más. Estaba enfurecido por su inusual falta de control la noche anterior, y exasperado por lo que veía como un comportamiento irracional.

El sexo había sido siempre un puro ejercicio para él. Cualquier cosa más allá de un simple entretenimiento era un riesgo. Él no quería saber nada sobre deseos apasionados y relaciones destructivas. No había tenido que preocuparse por eso antes porque sus amantes lo eran solo durante una noche.

Masculló una palabrota, pensando que era demasiado tarde para reconocer que no sabía cómo lidiar con Grace Donovan. ¿No tenían suficiente con haber concebido un hijo? Mantener una aventura con ella sería una estupidez porque cuando terminase, su relación se habría agriado y podría ser un problema para la futura relación con su hijo. ¿Por qué no había pensado eso antes? ¿Por qué no había pensado en lo que estaría animando al acostarse con ella otra vez? Seguramente había creado expectativas que no podría cumplir.

Mientras se servía un vaso de whisky de un decantador de cristal decidió que su libido estaba pensando por él y eso lo impacientó. De hecho, empezó a sudar mientras paseaba por el suelo de mármol. Se tomó el whisky de un trago y dejó el vaso sobre la mesa con más fuerza de la necesaria.

¿Se parecía más a su padre de lo que había sospechado? ¿Era demasiado débil y egoísta como para portarse de forma honorable? ¿Más proclive que la mayoría de los hombres a sucumbir a una obsesión sexual?

Después de todo, Anatole Zikos había prometido repetidamente romper su relación con la madre de Bastien, pero siempre terminaba volviendo con Athene, inventando una excusa tras otra. En realidad, estaba demasiado obsesionado con Athene como para dejarla y su muerte lo había dejado desolado.

Leo sabía que era hijo de unos padres neuróticos y cambiantes que habían creado un triángulo de dramas emocionales durante todo su matrimonio. La vida en su casa había sido una pesadilla y cuando iba a las casas de sus amigos se maravillaba de una normalidad que ellos daban por sentado.

Cuando se trataba de lo que él veía como unos dudosos genes Leo siempre había pensado, aliviado, que se habían saltado su generación. Él era demasiado frío y práctico como para obsesionarse por una mujer. Su problemática infancia le había enseñado a esconder sus sentimientos y a evitar cualquier emoción intensa.

Pero eso no iba a funcionar para un hombre que había concebido un hijo con una mujer que no era su prometida, tuvo que admitir. Había cometido el mismo error que su padre dejando embarazada a la mujer equivocada. Al contrario que su padre, sin embargo, él no agravaría el error casándose con otra mujer y arrastrándola a ese caos.

Tenía que tomar decisiones, tuvo que reconocer. Ya no era una cuestión de algo tan egoísta como lo que él quería sino una cuestión de honor.

Una palabra muy anticuada, tuvo que admitir, pero si aceptaba la necesidad de poner la lógica y la justicia en el principio de la lista, estaba claro cuál era su obligación. Y, al contrario que su padre, él iba a pensar en su hijo antes que nada.

Alrededor de las siete, Grace salió del baño envuelta en una toalla, preguntándose dónde estaría su maleta. Su frenética carrera al dormitorio el día anterior no le había permitido deshacerla. Le ardía la cara cuando se miró al espejo, enfadada y avergonzada de sí misma porque seguía actuando de una forma incomprensible y dejando que su vida descarrilase sin poder evitarlo.

Un error no tenía por qué llevar a otro. Entonces, ¿por qué se había acostado con Leo? Despertar sola en el silencioso apartamento la había puesto nerviosa, decidió. Y Leo Zikos era una mala influencia para ella.

Salió al pasillo, donde seguían estando sus cosas, y estaba a punto de tomar la maleta cuando oyó ruido en otra habitación.

—Grace, ¿eres tú?

Era demasiado tarde para alejarse con dignidad, pero descubrir que Leo aún no se había ido a trabajar como había pensado no le hizo ninguna gracia.

Se acercó a la puerta de una ultramoderna habitación llena de luz, que entraba por una pared de cristal, y lo vio. Se quedó sin aliento. Descalzo, con unos vaqueros desabrochados y una camisa también desabrochada, estaba para morirse con su alborotado pelo negro, la barba incipiente y los sorprendentes ojos oscuros brillando bajo la luz del sol.

–Pensé que habías salido. Iba a vestirme...

–No tengas prisa. La empleada de la limpieza no llega hasta las nueve –Leo se la comía con los ojos.

Ruborizada, con el pelo mojado cayendo sobre sus hombros y los ojos brillantes aunque evasivos, le recordaba a un duendecillo. Era tan bajita y sus curvas eran tan femeninas. Le gustaría pedirle que se quitase la toalla; la hinchazón entre sus piernas más que dispuesta a solucionar un momento incómodo con un revolcón.

–Tengo cosas que hacer.

–Ven aquí... quiero enseñarte unas propiedades.

Grace dio un paso adelante, a regañadientes, sujetando la toalla con una mano.

Estaba perdiendo el tiempo con tanta modestia, pensó Leo, porque eso solo hacía que quisiera quitársela de un tirón.

–¿Propiedades? –repitió ella, con la boca seca.

Leo se dejó caer en un sofá y se colocó el portátil sobre las rodillas.

–He estado buscando un sitio para ti.

–Pero yo... pensé que...

–Este es el apartamento de la empresa, y mi padre y mi hermanastro lo usan cuando vienen a Londres. Es conveniente para mí –le explicó él–. Hasta ahora no he pasado tiempo suficiente en Londres como para comprar mi propio apartamento.

–¿Y eso ha cambiado? –Grace se sentó a su lado

y el ya familiar aroma de Leo asaltó sus sentidos; una embriagadora mezcla de sándalo, almizcle, algo cítrico... y él. Bajo la toalla sus pechos se hincharon y sintió una oleada de calor entre las piernas.

–Evidentemente, va a cambiar. Si mi hijo va a estar aquí, yo también –afirmó Leo, como si esa fuese una verdad incontestable–. Pero afortunadamente tengo un par de propiedades en Londres y he hecho una pequeña selección de las que están disponibles.

Grace lo miró, sorprendida.

–¿Para mí?

–No tienes casa propia y es mi responsabilidad que te alojes en un sitio cómodo y seguro.

–No estaba en la calle cuando me convenciste para que me fuese del apartamento de Matt –le recordó Grace, molesta por su actitud, como si ella fuera un problema que debía resolver–. Y pensé que iba a quedarme aquí.

–Necesitas tu propio espacio.

No, *él* quería tener su propio espacio, sospechó Grace. Justo entonces recordó que se había ido de la cama después de hacer el amor, como después de su primera noche juntos en el yate.

–Deberías haberme dejado en casa de Matt.

–No voy a discutir contigo, no tiene sentido –Leo le mostró la primera de tres lujosas propiedades, elegida por su cercanía a la universidad.

Grace tomó aire mientras miraba unas propiedades que solo un millonario podría permitirse. Cuando le ofreció el ordenador se mordió los labios, airada. Aquella era la gota que colmaba el vaso.

–Gracias, pero no –dijo con sequedad, levantándose.

Leo se levantó también, la camisa abierta mostrando el vello negro que se perdía bajo la cinturilla del pantalón. Al recordar lo íntimamente que lo había conocido por la noche su estómago dio un vuelco y se sintió mortificada.

–¿Qué significa eso? ¡Estás embarazada de mi hijo y a partir de ahora y hasta el final, ese hijo y tú sois mi responsabilidad! –gritó Leo, impaciente.

–¡Yo soy responsable de mí misma y no necesito que ningún hombre me diga lo que tengo que hacer! –replicó Grace, sus ojos brillando con la rabia que había estado conteniendo hasta ese momento–. Entiendo que quieras demostrar que eres una buena persona, pero envías mensajes contradictorios y prefiero saber dónde demonios estoy.

Leo la deseaba de tal modo que le dolía. Su carácter apasionado lo atraía aún más, aunque había evitado esa pasión durante toda su vida. Pero Grace estaba enfadada y era comprensible, se dijo.

–Si te quedases aquí terminaríamos en la cama otra vez y no me parece buena idea cuando aún no sabes qué vas a hacer.

–No voy a acostarme contigo otra vez. ¡Nunca volveré a acostarme contigo! –exclamó Grace.

Molesto por esa noticia, Leo dejó escapar un suspiro.

–Mira, Grace, tú eres una buena chica y yo no tengo relaciones con buenas chicas. Nada de amor ni romance... no puedo ofrecerte nada más.

–¡No pienso ser una mantenida, viviendo de ti como una sanguijuela porque hayamos tenido un estúpido accidente con un preservativo! –exclamó ella, irritada por lo de «buena chica», como si fuera una pobrecita necesitada. Aunque no podía negar que le dolía su frío rechazo–. Puede que sea pobre, pero tengo mi orgullo. Te estás entrometiendo demasiado en mi vida.

–¡Solo quiero lo mejor para ti! –Leo se sorprendió a sí mismo levantando la voz. Él solía dar órdenes que eran obedecidas el noventa por ciento del tiempo. En consecuencia, rara vez tenía que gritar. Se enorgullecía de su autocontrol y siempre evitaba las escenas, abandonando a cualquier mujer que las hiciera. Por supuesto, había sido educado por dos grandes actores dramáticos, su madre, que solía dar portazos, amenazar con suicidarse o sollozar hasta ponerse histérica y su padre, que no era capaz de relacionarse con ella sin gritar.

–Yo sé qué es lo mejor para mí –insistió Grace.

–Necesitas paz y tranquilidad para seguir con tus estudios y decidir lo que vas a hacer. Si no estuvieras embarazada no estarías en esta situación... de verdad solo quiero lo mejor para ti y para el bebé.

–Y lo más fácil para ti es ofrecer dinero –dijo ella con aprensión, mirando los opulentos muebles y la fabulosa panorámica de Londres desde las ventanas–. ¿No es así?

Leo suspiró, cansado.

–¿Quieres ir a ver la propiedad que más te guste? Creo que deberíamos cenar juntos esta noche y hablar de las opciones para el futuro.

–No, tengo que acudir a una reunión de estudiantes –mintió ella, decidida a contener como fuera la intensa atracción que sentía por aquel hombre.

–Entonces, mañana por la noche.

–No, lo siento.

–Grace, lo estoy intentando –le advirtió él.

–Mañana tengo un chequeo.

–Muy bien. Entonces iré a buscarte y cenaremos juntos –anunció Leo, satisfecho.

Eso no era lo que Grace había querido. Se sentía manipulada, como una bola lanzada colina abajo en una dirección en la que no quería ir. Leo estaba involucrándose demasiado en su vida, pero acostándose con él lo había animado, de modo que era en parte culpa suya.

–¿Cuándo quieres que vea esa propiedad?

–Esta mañana tengo una reunión, pero por la tarde, alrededor de las cuatro, me vendría bien. Vendré a buscarte.

Grace quería decirle que tampoco necesitaba escolta, pero era su propiedad y no podía discutir. Además, había descubierto muy pronto la necesidad de olvidar sus preferencias personales. Sin la habitación en el apartamento de Matt no tenía dónde ir y no estaba en posición de rechazar la oferta. No le gustaba, pero tenía que vivir con ello, se dijo a sí misma.

Cuando salió del dormitorio, vestida y compuesta, Leo se había ido y Sheila, una amable mujer mayor que estaba limpiando el suelo de la cocina, le preguntó qué quería desayunar.

«Empleada de la limpieza», la había llamado Leo, con una indiferencia que decía mucho sobre su estatus privilegiado.

Tomó cereales y tostadas en la mesa de la cocina mientras Sheila le hablaba de sus cuatro hijos y agradeció la agradable charla porque hizo que olvidase sus problemas durante un rato.

Pero se le encogía el corazón al recordar las palabras de Leo: nada de amor ni romance. «Eres una buena chica».

La noche anterior había dicho cosas muy diferentes, haciéndola sentir irresistible, dando la impresión de que significaba algo para él... mientras la convencía para hacer una nueva estupidez.

Por supuesto, había dicho todas esas cosas para llevarla a la cama y eso le decía todo lo que necesita saber, ¿no? La había engañado y manipulado para conseguir lo que quería y luego había vuelto a apartarse. Tenía que aprender la lección de una vez por todas.

Oyó un golpecito en la puerta del dormitorio mientras estaba volviendo a cerrar su maleta.

–Grace, tienes visita –la llamó Sheila.

Sorprendida porque ni siquiera Matt tenía su dirección, Grace siguió a la mujer por el pasillo. En la puerta se encontró con una alta y atractiva joven de pelo color caoba y traje de ensueño que frunció el ceño al verla.

–Vaya, no eres lo que yo había esperado –comentó, ofreciéndole su mano–. Soy Marina Kouros... y tú tienes que ser Grace, ¿no?

Capítulo 6

SÍ, CLARO. ¿Se supone que debo saber quién eres? –preguntó Grace, sorprendida.

–¿Leo no me ha mencionado?

–No, me temo que no.

–¿Café, señorita Kouros? –preguntó Sheila desde la puerta de la cocina.

–No, gracias. Vamos al salón –dijo la morena con autoridad, dejando claro que conocía el apartamento y cerrando la puerta como si estuviera en su propia casa.

–¿Por qué debería haberte mencionado Leo? –preguntó Grace, un poco avergonzada por sus viejos vaqueros y el jersey de una cadena de ropa barata que no podían compararse con el carísimo traje de la joven.

El apuro de Marina era demasiado obvio como para ser malinterpretado.

–Porque Leo y yo llevamos tres años comprometidos y vamos a casarnos en seis semanas... o al menos íbamos a casarnos hasta que apareciste tú.

Grace se quedó boquiabierta. Intentó decir algo, pero sus músculos faciales no parecían funcionar.

–¿Comprometidos? –solo pudo pronunciar esa palabra, sin aire, en estado de shock.

–No he venido para echarte... bueno, supongo que

eso es mentira. Si te esfumases ahora mismo me vendría muy bien, pero sé que estás embarazada y, por lo tanto, no es tan sencillo.

–¿Leo te ha dicho que estoy embarazada? –Grace no salía de su asombro.

–Leo me lo cuenta todo, pero debo admitir que me he llevado una sorpresa contigo. Yo esperaba una rubia escandalosa con minifalda –la turbadora sinceridad de Marina sugería que las infidelidades de Leo eran algo habitual–. Pero mira, iré al grano. Estoy aquí por una sola razón. No quiero que destroces ni la vida de Leo ni la mía y pensaba ofrecerte dinero para que desaparecieras.

Grace se quedó petrificada. Experimentaba tantas emociones a la vez que no podría enumerarlas. Marina evocaba tantas reacciones diferentes: rabia, mortificación, sentimiento de culpa, dolor.

Leo le había mentido. Había fingido ser soltero, pero estaba a punto de casarse. ¿Tres años, llevaba tres años comprometido? Ese no era un compromiso reciente o informal.

–Si Leo me hubiera dicho que estaba comprometido esto no habría pasado porque no me habría ido con él –consiguió decir Grace con desesperada dignidad–. Siento muchísimo que esta situación te afecte, pero no voy a aceptar tu dinero.

–Conozco a Leo de toda la vida. Tuvo una infancia horrible y, por eso, jamás le daría la espalda a un hijo suyo –le explicó Marina, muy seria–. Pero no creo que deba sacrificar toda su vida y todos sus planes por un hijo que no había planeado. De alguna forma tenemos que llegar a un acuerdo que nos beneficie a todos.

–No sé qué decir –murmuró Grace, dándole vueltas a ese comentario sobre la infancia de Leo, aunque apenas podía lidiar con tanta información–. No sé qué decir... ¿pero cómo puedes seguir queriendo a un hombre que te engaña?

–Creo que eso es asunto mío.

–Como mi hijo es asunto mío –replicó Grace–. No sé qué quieres de mí, pero no voy a quedarme en este apartamento, no te preocupes.

–Solo quiero que pienses en lo que estás haciendo. Si tienes ese hijo... –Marina suspiró con innegable amargura, la máscara de buenas maneras esfumándose de repente–. ¡Si tienes ese hijo destrozarás nuestras vidas!

–Pero esa es mi decisión –señaló Grace mientras abría la puerta del salón–. Si has terminado, no creo que tengamos nada más que decirnos.

Al otro lado de la ciudad, Leo masculló una palabrota cuando leyó el mensaje de Marina. Por primera vez, estaba realmente furioso con la mujer a la que ya consideraba su ex, imaginando la sorpresa de Grace al descubrir que estaba comprometido.

Grace ya tenía suficientes cosas en qué pensar y Marina no tenía ningún derecho a intervenir. ¿Lo habría hecho por venganza? Siempre había confiado en su mejor y más leal amiga, pero el momento que había elegido hablaba por sí mismo y no podía ser un accidente.

Haciendo una mueca de disgusto, Leo se levantó para excusarse de la reunión. Tenía que ver a Grace antes de que hiciese alguna estupidez.

Eso era lo más sorprendente de ella, que siendo una mujer inteligente e independiente, tenía una alarmante tendencia a tomar decisiones poco meditadas y hacer cosas que no siempre eran sensatas. Era esa vena apasionada y aventurera lo que más lo preocupaba. ¿Cómo si no iba a explicar la noche en el yate? ¿Después de veinticinco años siendo virgen, lo había elegido a él como si sacara un conejo de un sobrero?

¿Por qué lo había elegido a él, un hombre del que no sabía nada?

Leo seguía sorprendido por el riesgo que había corrido esa noche hasta que se le ocurrió que nunca se había angustiado tanto por ninguna otra compañera de cama. Solo entonces empezó a sospechar que Grace era mucho más frágil y vulnerable de lo que quería demostrar.

Bueno, una vez casados no tendría que preocuparse por ella. Sabría en todo momento dónde y con quién estaba... en resumen, una vez que tuviese control sobre su vida la aprensión que sentía desde que supo que estaba embarazada desaparecería por completo. Se sentía angustiado por el bebé, naturalmente, se dijo a sí mismo a modo de consuelo. Era solo un puntito apenas visible al ojo humano en ese momento, o eso había leído en internet, pero era su futuro hijo o hija y dependía de la salud de su madre para sobrevivir.

¿Cómo se le había ocurrido a Marina darle tan mala noticia estando Grace embarazada? ¿No sabía del peligro?

Grace estaba dejando sus cosas en el pasillo cuando la puerta se abrió. Se había apresurado para salir del apartamento antes de que Leo volviese mientras aceptaba la triste verdad, que no tenía dinero para un taxi. Tendría que dejar sus cosas allí e ir a buscarlas más tarde. Pero lo más terrible era que no tenía donde ir. No podía volver al apartamento de Matt, que había estado enviándole mensajes constante y obsesivamente desde que se fue del apartamento.

Se enderezó cuando Leo cerró la puerta, sin apartar los ojos de ella.

–¿Vas a algún sitio?

Grace no lo había visto salir. Con un traje de chaqueta azul marino, una camisa blanca y una corbata en tonos rojos, estaba absolutamente tremendo. Su corazón se aceleró, como le ocurría siempre, al recordar cómo había pasado los dedos por su pelo la noche anterior y el inolvidable sabor de su boca. Un calor empezaba a nacer dentro de ella cuando giró la cabeza, luchando contra esa potente atracción con todas sus fuerzas, recordando que Leo estaba comprometido.

Grace levantó la barbilla.

–Sí, a cualquier sitio, lo más lejos posible de ti –respondió.

–Marina me ha dicho que ha venido a verte –dijo Leo, un nervio latiendo en su mentón–. No debería haber hecho eso.

–Ah, no sé, tal vez sí tenía derecho –Grace se sentía mortificada, pero también sorprendida por una relación tan poco habitual. Era inconcebible que Marina le hubiese contado que había ido a verla–. Considerando cómo te has portado con ella, creo que ha sido muy discreta.

–Mi relación con Marina no es tan normal como tú pareces creer. Además, ya no tiene importancia porque acabo de romper el compromiso –Leo estudió su expresión, esperando que eso fuese un alivio para ella.

Grace se negó a reaccionar ante esa noticia porque no cambiaba nada. Leo la había engañado.

–Dijiste que eras soltero... me mentiste –lo acusó.

–Vamos al salón y charlemos como dos adultos.

–No tengo nada que decirte, así que sugiero que me dejes en paz.

–¡*Diavelos!* –exclamó Leo, explotando por fin en respuesta a su serena expresión y al brillo helado en sus ojos verdes.

Había esperado encontrar a Grace disgustada, gritando y sollozando porque sabía, o creía saber que, como algunos bombones, tenía un corazón blandito y se disgustaría al saber que estaba comprometido con Marina. En lugar de eso, Grace lo miraba con total frialdad. No estaba llorando ni gritando y no sabía cómo lidiar con eso.

–En estas circunstancias, debes tener algo que decirme.

–Pero dudo mucho que tú quisieras escucharlo –respondió ella.

Era tan difícil mostrarse fría que apenas podía hablar. El dolor y la desilusión eran como un bloque de hielo dentro de su pecho, proyectando inseguridad, dolor, rechazo. La noticia le había roto el corazón en mil pedazos, pero en cierto modo agradecía la visita de Marina porque, al menos, había descubierto que Leo era un mentiroso antes de enamorarse de él como una tonta.

Leo abrió la puerta del salón con tal fuerza que golpeó la pared.

–¡Pero es que quiero escucharlo! –la desafió.

Sabiendo que iba a ponerle difícil marcharse de allí, y maravillándose de que quisiera retenerla, Grace entró en el salón donde Marina le había contado la verdad, destruyendo sus sueños. Sueños tontos, sentimentales, totalmente inapropiados para una mujer de su edad, su inteligencia y su pasado. Sueños de que un hombre pudiera ser decente, honrado y sincero.

Conociendo su historia familiar debería haber sabido que no podía ser. Hasta su propio padre había mentido y engañado en lugar de cumplir la promesa de casarse con su madre. Poco después de su nacimiento había empezado a trabajar con la mujer que más tarde se convertiría en su esposa, manteniendo esa infidelidad en secreto mientras fingía ser un marido modelo. Tenía un vago recuerdo de su padre, que había abandonado a su madre antes de que ella cumpliese los dos años... pero no quería pensar en ello.

Grace dio media vuelta para mirarlo, con los brazos cruzados en un gesto defensivo.

–¿Qué quieres de mí, que te perdone, que te entienda? ¡Pues lo siento, pero no puedo darte ni lo uno ni lo otro! –le espetó.

–Quiero darte una explicación.

–Yo no quiero explicaciones... ya no tiene sentido –señaló Grace, cortante–. Me has mentido y no hay nada más que decir. No pierdas tu tiempo y déjame marchar.

–¿Dónde?

–Aún no lo sé –respondió ella, distraída por el zumbido de su móvil en el bolsillo de los vaqueros. Lo sacó para apagarlo, pero vio con sorpresa que era el número de su tía.

Della le había dicho que no volviese por allí y no sabía qué podría querer. A menos que su tío Declan, que la había visitado en el apartamento de Matt, la hubiese convencido para que suavizase su actitud.

–¡No puedes irte cuando no tienes un sitio en el que vivir! –exclamó Leo–. Tienes que cuidar de ti misma y estás embarazada.

–Por favor, no finjas que te importa –replicó ella, sarcástica, mostrando una amargura que le habría gustado disimular.

–Si me escuchases y te portases de forma razonable...

–No tengo que escuchar nada. Ya sé lo que eres: un mentiroso y un liante sin una pizca de integridad –replicó Grace, los ojos verdes brillando como estrellas furiosas por atreverse a decir que no era razonable.

–¡He roto mi compromiso para poder volver aquí y pedirte que te casaras conmigo! –gritó Leo, la furia como lava dentro de un volcán a punto de explotar. Nunca había estado tan furioso en toda su vida y era una experiencia desconcertante. Nada ni nadie había sido capaz de enfadarlo hasta ese momento.

Grace sacudió la cabeza, mirándolo con un gesto de incredulidad; una actitud que lo enfureció aún más porque nadie se había atrevido nunca a mirarlo de ese modo.

–La respuesta a esa proposición hubiera sido una firme negativa. La sinceridad y la confianza son co-

sas muy importantes para mí y tú no tienes ni lo uno
ni lo otro. Hoy he visto lo que le has hecho a Marina
y eso me ha convencido de que eres un arrogante y
un egoísta.

–¿Eso es todo lo que vas a decir a mi proposición
de matrimonio? –exclamó Leo, incapaz de creer lo
que estaba oyendo. Nadie, y menos una mujer, lo había juzgado con tanta dureza.

Tenía tantos prejuicios contra él que casi le parecía como si estuviera hablando de otra persona. Pero
entonces recordó su historia personal y en algún sitio
sonó una campanita de alarma.

–Sí, eso es todo lo que tengo que decir. Una vez
que nazca el niño me pondré en contacto contigo –le
aseguró Grace–. Pero te lo advierto, pienso darlo en
adopción y no a ti porque tú no serías un buen padre.

Leo podía sentir que se convertía en un bloque de
hielo mientras, a la vez, querría estrangularla. ¿Merecía tales críticas? Y él pensando que una proposición de matrimonio lo solucionaría todo...

Pero, aunque ofendido y enfurecido con Grace, se
daba cuenta de que había subestimado su carácter.
Sabiendo que debía calmarse antes de poder razonar
con ella, sacó una tarjeta de la cartera.

–El hotel es mío. Es un sitio pequeño y discreto,
y solo tienes que entregar esta tarjeta en recepción.
Llamaré para avisarlos y mi conductor te llevará
cuando quieras.

Asustada y angustiada por el encuentro, Grace
aceptó la tarjeta. Tenía que alojarse en algún sitio y,
por lo tanto, no le quedaba más remedio que tragarse
el orgullo.

–Muy bien.

Una oleada de alivio disipó el enfado y la frustración de Leo. Grace no quería escucharle, se negaba a dejarlo hablar y eso no era justo. Odiaba sentirse impotente, una sensación extraña para él porque Grace era la única persona que lo hacía sentir así. Pero lo más importante era saber dónde se alojaba y que estaba a salvo.

Grace lo había juzgado mal, tan mal, pensó amargamente.

En la limusina de Leo, Grace sacó el móvil para llamar a su tía.

–Tengo que verte urgentemente –anunció Della Donovan, con un tono inusualmente contenido.

Grace se preguntó qué demonios podría haber pasado para que se portase así. Su tía la detestaba y Jenna había heredado eso de su madre.

Apretando los labios, aceptó tomar un café con ella esa tarde. ¿Su tío la habría presionado para enterrar el hacha de guerra y llegar a un acuerdo? Eso la preocupaba. Declan Donovan era un hombre bueno, pero, tristemente, esos sentimientos no podían forzarse en otra persona.

El hotel era pequeño y discreto por fuera, pero la última palabra en elegancia, opulencia y buen servicio por dentro. Unos minutos después de mostrar la tarjeta en recepción, alguien se encargó de sus cosas y la llevaron a una preciosa suite con todos los lujos. El cuarto de baño era un sueño y en cuanto deshizo la maleta fue a darse una ducha para calmar un poco su nerviosismo.

Se sentía tan infeliz. Jamás en su vida se había sentido tan triste. Siempre había estado sola, pero nunca se había sentido tan solitaria, apartada de todo lo que le era familiar y en su tercera dirección en menos de una semana. La semana siguiente empezaban las clases y el entrenamiento en un hospital, pero por primera vez no estaba deseando retomar sus estudios. Los eventos de las últimas semanas lo habían cambiado todo y estaba agotada.

Leo había roto su compromiso para pedirle que se casara con él...

Estaba intentando hacer lo que le parecía más decente, aunque debería haberle dicho que estaba comprometido. ¿Debía darle puntos por eso?

Grace dejó escapar un largo suspiro. Estaba enamorándose de él, tejiendo sueños, viendo un futuro que incluía a Leo y, de repente, Marina se había cargado esa tonta fantasía. Le había contado la verdad: que Leo no solo le había mentido a ella sino que era un mujeriego. Había esperado que fuese una rubia explosiva, dejando claro que Leo había traicionado a su prometida en más de una ocasión.

Era un mentiroso y un traidor como su padre, que tampoco tenía el menor interés en cuidar de su hija a pesar de haber convencido a su madre de lo contrario. Y no debía olvidarlo.

Della Donovan estaba sentada frente a una mesa en una esquina del abarrotado café cuando Grace apareció. Con un inmaculado traje, el pelo rubio sujeto en un moño francés, miró sus vaqueros con gesto de censura.

Y por primera vez, Grace estuvo a punto de preguntarle cuándo había tenido dinero para vestir tan bien como Jenna y ella. Por supuesto, se contuvo. Se había ido de su casa, donde siempre había tenido que cuidar cada palabra que decía para mantener la paz, y aquel no era el momento para ponerse a discutir.

–Grace... –murmuró su tía con una sonrisa forzada–. ¿Cómo estás?

Para su sorpresa, Della empezó a charlar sobre cosas mundanas.

–Dijiste que era urgente –le recordó Grace por fin, preguntándose por qué no decía de una vez lo que quisiera decir.

–Me temo que antes tengo que hacerte una pregunta muy personal –su tía frunció los labios–. ¿Leos Zikos es el padre de tu hijo?

–Eso es algo privado.

–Por favor, no te lo preguntaría si no fuese importante –la interrumpió Della, con su agrio tono de siempre–. Esperaba estar equivocada porque fui muy antipática con él y más cuando preguntó por ti.

A Grace no le sorprendió.

–Supongo que se le pasará.

–¡A un hombre tan rico e influyente no se le puede hablar así! –exclamó su tía–. Leos Zikos es el propietario de la empresa para la que trabaja tu tío y el bufete para el que yo trabajo se encarga de hacer las revisiones legales de sus contratos. Tú no eres tonta, Grace. El padre de tu hijo es un hombre muy poderoso y si no te llevas bien con él podría castigar a toda tu familia.

Fue un momento agridulce para Grace que se refiriese a ella como parte de la familia por primera vez, pero lo que realmente la desconcertó fue la genuina aprensión en la expresión de su tía.

–¿De verdad estás preocupada por eso?

–Pues claro que sí. Zikos tiene fama de ser duro, implacable, y te estoy pidiendo que te lleves bien con él... para no hacerle daño a tu familia.

Grace entendió entonces por qué estaba siendo temporalmente ascendida al estatus de «familia» y estuvo a punto de reír.

–Leo ni siquiera te ha mencionado a ti o a Declan.

Della hizo un mohín.

–Hemos cuidado de ti desde que eras niña y ahora espero que tú cuides de nosotros. Debes hacer lo que sea para que Leos Zikos no despida a tu tío o retire sus negocios de mi bufete. Después de todo, es culpa tuya que fuese tan brusca con él... sé que le he ofendido, pero llegó en medio de una crisis familiar. Asegúrate de que entienda eso.

Grace estaba sorprendida por el tenor de la conversación. Della temía que su confortable estilo de vida estuviera en peligro. Solo un auténtico pánico habría hecho que su tía le pidiese ayuda y Grace decidió no mencionar que en ese momento estaba furiosa con Leo o que lo había llamado mentiroso y falso.

–Hablaré con él si es necesario –le prometió, intentando terminar con aquella incómoda reunión–. Pero no creo que tengas nada de qué preocuparte.

–Grace, tú no tienes idea de cómo espera un millonario que se le trate –replicó su tía con un gesto de impaciencia.

De vuelta en el hotel, Grace pidió la cena al servicio de habitaciones y se tumbó en la cama, pensando en ese extraño encuentro. Su tía estaba asustada sin tener razones... ¿o sí las tenía? ¿No había descubierto que no conocía a Leo tan bien como pensaba?

No debía tomarlo a la ligera. Tal vez Leo era vengativo. Della seguramente habría sido muy grosera con él, como era su costumbre...

Grace apartó la bandeja y levantó el teléfono, empujada por su conciencia. No podía ignorar los miedos de su tía solo porque no quisiera hablar con Leo.

—¡Grace! —respondió él como un oso. No estaba de mejor humor que la última vez que se vieron.

—Necesito hablar contigo —dijo ella, tensa.

—Llegaré dentro de una hora.

Al otro lado del teléfono Leo sonrió, satisfecho. Evidentemente, Grace se había calmado y por fin veía las cosas con sentido común. Nadie era perfecto. Habían cometido un error y ella lo necesitaba, claro que sí. Al fin y al cabo, era el padre de su hijo.

Una hora después Grace abría la puerta de la habitación. Pero no era Leo quien estaba al otro lado sino uno de sus guardaespaldas.

—¿Sí?

—El jefe está en el último piso, esperándola.

Grace siguió al hombre hasta el ascensor. Por supuesto, Leo era el propietario del hotel y tendría una oficina o despacho en el edificio, pensó.

Tomó aire al pensar que iba a volver a verlo. Podía hacerlo sin defraudarse a sí misma. ¿O no? Nunca había sido una de esas chicas que perdían la cabeza por un hombre guapo, aunque si debía ser sincera nunca había conocido a nadie como Leo.

Se pasó las manos sudorosas por la falda vaquera, que había conjuntado con una camiseta verde. ¿Arreglarse para él? Pensar eso era una broma al recordar el aspecto de Marina, como una modelo con su maravilloso pelo liso y su fabuloso maquillaje. Ninguna hada maligna había maldecido a Marina el día de su nacimiento con un pelo rojo rizado y un montón de pecas, por no hablar de unos pechos y unas caderas que quedarían mejor en una mujer más alta.

Entró en una habitación maravillosamente decorada. También había una cama, pero los parecidos con la suya se quedaban ahí porque era más bien una suite de cinco estrellas. Leo estaba frente a una ventana, alto, sus anchos hombros cargados de una tensión que ella misma podía sentir. Y a pesar de la charla que se había dado, su corazón dio un vuelco.

–Grace... –dijo con esa voz ronca, tan sexy y varonil.

Leo se excitó en cuanto miró los altos pechos de Grace bajo la fina camiseta y la perfección de esos muslos que no había podido ver desde la primera noche.

Diavelos, adoraba su cuerpo, de verdad lo volvía loco. Había algo en ella que no tenía ninguna otra mujer. La miraba y, sencillamente, necesitaba tocarla, hacerla suya.

–Quería contarte algo... probablemente te parecerá una bobada –le advirtió Grace, apurada, intentando no mirar las hermosas facciones masculinas. Pero era tan apuesto que tuvo que concentrarse en lo que iba a decir.

Leo tenía una botella de champán en un cubo de hielo. Sabía que estando embarazada no podría beber, pero estaba convencido de que un traguito no le haría daño y así podrían celebrar la ocasión. Porque, por supuesto, quería verlo para decir que lo había pensado mejor y estaba dispuesta a casarse con él.

La auténtica celebración llegaría después, cuando la llevase a la cama sabiendo que era suya por fin.

Pero cuando entendió que la razón de su llamada era una extraña historia sobre el puesto de trabajo de su tío y el bufete de su tía se quedó perplejo.

Ah, claro, ¿qué otra cosa haría un mentiroso y un falso sin integridad más que intimidar y despedir a la gente?

–¿Y temes que me haya ofendido? –la interrumpió Leo, molesto por lo que estaba diciendo más que por la grosera actitud de su tía.

–Sí, claro. Sé que tú no eres así, pero ella ha insistido...

No, no lo sabía. No estarían manteniendo esa conversación si lo conociese y, de repente, experimentó una oleada de rabia.

Grace lo miró, notando que sus ojos parecían pepitas de oro bajo esas largas pestañas negras.

–Son mi familia y me importa lo que les pase –siguió, insegura–. No merecen sufrir por mi culpa.

–No les pasará nada si aceptas casarte conmigo –dijo Leo, con un tono que le puso la piel de gallina.

–¿Perdona?

–Creo que me has oído. Si haces lo que te pido y te casas conmigo prometo que tus tíos no sufrirán las consecuencias.

Grace palideció.

–No puedes hablar en serio. No puedes amenazar con quitarles sus puestos de trabajo solo porque no voy a hacer lo que tú quieres.

–Hablo absolutamente en serio –afirmó Leo–. Ya no me queda paciencia. Quiero casarme contigo y quiero a ese hijo que estás esperando, así que piensa bien cuál va a ser tu decisión.

–¡Pero eso es un chantaje! –exclamó Grace, temblando como una hoja, incapaz de creer lo que estaba diciendo.

–Yo nunca he pretendido ser un caballero andante, Grace. Tu hijo y tú sois míos y cuanto antes lo reconozcas, mejor para todos.

–Yo no soy de nadie, solo de mí misma –protestó ella con los dientes apretados. Pero tenía que contener una oleada de pánico porque acababa de matar la poca fe que aún tenía en él.

Leo se acercó, con su metro ochenta y cinco de poderío varonil.

–Eso fue antes de conocerte, *meli mou*. Ahora todo ha cambiado. Nos casaremos el viernes.

–El viernes... pero solo faltan tres días –Grace no sabía qué hacer, totalmente sorprendida por tan extraño comportamiento.

–Lo sé y estoy deseando firmar el acta de matrimonio –dijo Leo, impaciente–. Entonces siempre sabré dónde estás y cómo estás.

–Te has vuelto loco –murmuró Grace, sin aliento–. No podemos casarnos. Estás comprometido con Marina...

–Marina es el pasado, tú eres el presente –la interrumpió él–. En este momento solo estoy interesado en el futuro y ese futuro empieza aquí, ahora, con tu respuesta.

Grace tuvo que morderse los labios. Su corazón latía con tal fuerza que la hacía temblar de arriba abajo. Estaba amenazando a sus tíos y no podía quedarse de brazos cruzados después de todo lo que habían hecho por ella. La habían acogido en su casa y pagado sus gastos... la habían mantenido a salvo cuando no tenía a nadie. No había sido perfecto, pero eran su única familia y no quería verlos sufrir de ningún modo. Leo tenía todas las cartas en la mano, el empleo de su tío, los contratos en el bufete de su tía. Della había trabajado mucho para llegar a ser socia y si había sido grosera con Leo... bueno, ella era grosera con mucha gente.

—Podrías explicarme ahora lo de Marina.

—No, ese barco ya ha zarpado –dijo Leo–. ¿Vas a casarte conmigo el viernes o no?

Grace quería decir que no, romper esa armadura de arrogancia y desafiarlo, pero era una persona compasiva y no quería arriesgarse a que sus parientes tuviesen que pagar por su error al quedar embarazada. Intentó respirar, maldiciéndolo con su pálida mirada.

—Te daré mi respuesta por la mañana.

—¿Por qué esperar?

—Porque es una decisión muy importante –respondió ella–. Mañana te diré lo que he decidido.

Impaciente, Leo apretó los labios. Sus ojos eran luminosas piscinas de pálido verde, pero notó que estaba pálida y tenía ojeras.

—No tienes buen aspecto.

Grace se ruborizó por ese comentario tan poco halagador.

—Me voy a dormir.

—¿Has cenado?

—Sí, he pedido la cena al servicio de habitaciones.

–Nos veremos aquí mañana a las ocho para desayunar –decretó Leo.

¿Cómo iba a casarse con un hombre que había estado planeando casarse con otra mujer durante tres largos años? ¿Cómo iba a rendirse a un chantaje? ¿De verdad Leo sería capaz de hacerle daño a sus tíos o estaría tirándose un farol? ¿Estaba preparada para encender la mecha y esperar a ver qué pasaba si decía que no?

Grace se metió en la cama pensando en todo eso. Leo había mencionado el matrimonio el día que descubrió que estaba embarazada. Al parecer, casarse con la madre de su hijo era importante para él, tan importante que lo había reconocido inmediatamente. Aunque eso no lo excusaba de ningún modo por emplear amenazas.

Había tantas preguntas sin respuesta que desearía haber escuchado lo que quería contarle sobre sí mismo en el apartamento. Evidentemente, su relación con Marina era inusual. La joven se había mostrado amable y serena para ser una mujer cuyo prometido acababa de dejarla por otra. Pero le había dicho que ese hijo destrozaría sus vidas...

Era posible que fuese una buena actriz, pero eso no explicaba que hubiese intentado sobornarla para luego contárselo a Leo.

Empezaba a dolerle la cabeza de tanto darle vueltas. Además, debía reconocer que si Marina no existiera habría aceptado casarse con Leo. Después de todo, era mejor ser sincera consigo misma y deseaba a Leo con todas sus fuerzas. No era sensato, no tenía justificación, pero se quedó encandilada por él desde el momento que lo vio. Además, le gustaría que su hijo creciese con un padre. ¿No debería darle una oportunidad a ese matrimonio?

¿Pero cómo iba a casarse con un hombre dispuesto a chantajearla? Eso era inaceptable. Y lo mejor de todo era que intuía que Leo sabía que estaba mal, pero seguía presionándola para conseguir lo que quería.

Tenía una deuda con sus tíos y si sufrían por algo que ella había hecho se llevaría un tremendo disgusto, de modo que no tenía alternativa. Tal vez podría aceptar el matrimonio con ciertas condiciones.

Leo estudió a Grace cuando se reunió con él para desayunar, su rostro serio, sus ojos esquivos. Seguramente podría ser una buena jugadora de póquer y ese talento de su futura esposa lo divertía.

–¿Y bien? –la apremió, un poco molesto porque lo había obligado a esperar para recibir una respuesta.

Grace tomó un sorbo de té, deseando que no tuviese ese aspecto tan atractivo tan temprano cuando ella se sentía agotada. Allí estaba, con sus ojos dorados llenos de energía, su pelo negro aún mojado de la ducha y el mentón varonil bien afeitado, con otros de esos trajes de chaqueta que destacaban su espectacular físico.

–Acepto porque no me dejas alternativa.

–Las alternativas están sobrevaloradas –afirmó Leo, sirviéndose una taza de café con mano firme, decidido a no reaccionar de modo alguno ante esa capitulación–. La gente no siempre toma la decisión más acertada y a veces se necesita un pequeño empujón en la dirección correcta.

–Esto ha sido algo más que un empujón –lo cen-
suró Grace–. No sé por qué lo haces, además. No
puedes desearme tanto como esposa.

–¿Por qué no?

–Porque... soy una persona normal.

–Yo no te veo así, *meli mou* –replicó Leo–. Te veo
como alguien diferente, especial.

–¡Me has chantajeado para que me casase contigo,
así que déjate de halagos! –replicó ella–. Y acepto,
pero con ciertas condiciones.

Leo echó hacia atrás la arrogante cabeza.

–¿Qué condiciones?

–Estoy pensando tomarme un año sabático, pero
me gustaría retomar mis estudios el año que viene. Y
tú no pondrás ninguna objeción.

–Naturalmente –asintió él, un poco más relajado.

Grace intentó reunir fuerzas antes de decir:

–Y tendría que ser un matrimonio platónico.

Leo volvió a ponerse tenso mientras la estudiaba
con expresión incrédula, como si estuviera loca.

–No puedes decirlo en serio.

–Pues claro que lo digo en serio. No es necesario
tener intimidad para estar casados y criar un hijo.

–Si te casas conmigo sí sería necesario –replicó
Leo–. Me niego a buscar sexo fuera del matrimonio.
Eso nos degradaría a los dos y no podría vivir con mi
conciencia. La fidelidad es importante para mí.

Grace no había esperado que pusiera pegas a lo
que sería un matrimonio solo en papel.

–Pensé que era la opción más sensata.

–No, sería un desastre –Leo la miró con sus ojos
brillantes como estrellas, su rostro tan atractivo que
la dejaba sin aliento–. Y hablo por experiencia. Mi

padre fue infiel a mi madre desde el principio y su in-felicidad envenenó sus vidas y las de sus hijos.

–Vaya, lo siento –sorprendida por tan inesperada confesión, Grace terminó de comer, pensativa–. Pero no sería tan personal para nosotros. Para empezar, no estamos enamorados ni nada parecido.

–Pero yo te deseo como un hombre desea a una mujer –confesó Leo con total sinceridad–. Y no voy a fingir lo contrario. Quiero un matrimonio normal con todo lo que eso significa, no un acuerdo antina-tural que aumenta las posibilidades de divorcio. Y también quiero estar al lado de nuestro hijo desde el primer día.

–Muy bien, ya has dejado claro lo que quieres.

Grace tuvo que reconocer, a regañadientes, que no había pensado en las consecuencias de un matrimo-nio platónico. Había sido una ingenuidad por su parte pensar que Leo estaría dispuesto a vivir sin sexo y la alternativa de mirar para otro lado mientras él bus-caba consuelo en brazos de otra mujer era aún menos atractiva. ¿Pero cómo podía decir que la fidelidad era importante para él después de lo que le había hecho a Marina?

Después de comer se levantó de la mesa, mirando a Leo como si fuera un enigma que debía descifrar.

–¿Entonces vamos a casarnos en cuarenta y ocho horas? –preguntó Leo en voz baja, poniendo una mano en su brazo.

–Parece que sí –Grace intentó apartarse, pero Leo la sujetó por la cintura.

Estaba duro... por todas partes. Le ardía la cara mientras se apoderaba de su boca, mordiendo, chu-pando, saboreando ese asalto carnal a sus sentidos que ningún otro hombre podía provocar. Echó la cabeza hacia atrás, una emoción traidora encendiéndola como un estallido de fuegos artificiales. Era tan increíblemente sexy... estaba convencida de que era el beso más sexy de la historia.

Sonó un golpecito en la puerta y Leo se apartó para abrir a un camarero que llevaba una botella de champán. Avergonzada por ese provocativo beso y temblando al pensar que de verdad iba a casarse con Leo, Grace se acercó a la ventana para intentar llenar sus pulmones de oxígeno.

Leo le ofreció una copa de champán.

—Por nuestro futuro.

—No debería beber.

—Solo un sorbito —sugirió él.

Grace se mojó los labios.

—Tienes que ir de compras hoy mismo. Necesitas ropa —Leo vaciló durante un segundo—. Marina se ha ofrecido a ir contigo.

—¿Marina? —exclamó Grace, con los ojos como platos.

—Seguimos siendo amigos y seguramente se siente un poco culpable por intentar sobornarte porque ese no es su estilo —Leo hizo una mueca—. Con Marina, lo que ves es lo que hay, no engaña a nadie. Pero si crees que te sentirías incómoda con ella inventaré alguna excusa.

Grace tragó saliva, su cerebro funcionando a toda velocidad. ¿La exprometida de Leo estaba dispuesta a ayudarla con los preparativos de la boda? Su curiosidad sobre una relación tan poco convencional llegó a la estratosfera con esa revelación. Evidentemente, sus lazos de amistad habían soportado la ruptura del

compromiso y la amargura que Marina había reve-
lado brevemente. Eso era lo que más la impresionaba
y quería saber algo más.

–No inventes ninguna excusa. Es una situación
inusual, pero creo que el amable gesto de Marina debería ser recibido con la misma generosidad –anunció.

Esperaba que fuese una decisión acertada y no
acabar convirtiéndose en objetivo de comentarios
despreciativos como aquellos en los que su prima y
su tía estaban especializadas.

Capítulo 7

HE ESTADO preparando mi propia boda durante las últimas semanas, de modo que sé lo
que hay que hacer y a quién debo llamar –Marina se sentó al lado de Grace en la limusina una hora
después.

–Pero no hay tiempo para organizar una boda elegante.

–Cuando un hombre es tan rico como Leo siempre
hay gente dispuesta a trabajar las horas que hagan
falta a cambio de un buen cheque –replicó la morena.

–¿Pero por qué ibas a ayudarnos tú? –le preguntó
Grace directamente, la curiosidad más fuerte que ella.

–Tengo mi orgullo. Para empezar, preferiría que
nuestros amigos pensaran que la ruptura ha sido
amistosa y no por culpa de una tercera persona –respondió Marina–. Además, ahora que me he calmado
estoy más inclinada a pensar que Leo y yo no está-
bamos hechos el uno para el otro. Mi padre está muy
decepcionado porque no va a tener un yerno que es
un mago de los negocios, pero así es la vida.

–Estás siendo muy comprensiva.

Marina rio.

–No tan comprensiva como crees. La verdad es
que en mi vida también hay otra persona y creo que
tarde o temprano Zack me hará más feliz de lo que
me hubiera hecho Leo.

Grace tragó saliva ante esa sorprendente admisión. Era un alivio para ella saber que la esbelta morena no era la inocente y cruelmente traicionada prometida que había pensado.

–Aun así, Leo y tú os lleváis muy bien.

–Pero siempre ha habido un fallo en nuestra relación –Marina se volvió para mirarla con un brillo burlón en los ojos–. Aunque la mayoría de los hombres me consideran atractiva, Leo nunca me ha deseado como te desea a ti.

–No puedo creerlo –Grace apartó la mirada, su cara ardiendo de vergüenza.

–Pero es cierto. Y su distancia era mala para mi autoestima. Como somos amigos desde siempre, Leo pensó que seríamos la pareja ideal.

–Pero tú estabas enamorada de él, ¿no? –insistió Grace.

–Ah, sí, cuando era más joven estaba loca por él. Leo lo tenía todo: era guapísimo, fuerte, un ganador... todo lo que yo quería en un futuro marido –admitió con una carcajada–. Desgraciadamente, cuando llegó el momento seguimos siendo amigos y nada más. Cuando sugirió que nos casáramos decidí creer que había algo más detrás de esa proposición... –hizo un mohín con los labios–. Pero no podía haber estado más equivocada. No me engañó, pero su indiferencia marchitó mi amor para siempre.

–Te hizo daño y, sin embargo, lo has perdonado –comentó Grace, sorprendida.

Marina se encogió de hombros.

–La vida es demasiado corta como para estar enfadada. Pero debes saber dónde te metes con Leo porque dudo mucho que pueda cambiar.

Cuando llegaron a la tienda de vestidos de novia, la empleada que esperaba en la puerta la ayudó a quitarse el abrigo mientras Marina hablaba con la diseñadora, una alegre rubia.

Grace posó como una estatua mientras le tomaban medidas, preguntándose si sabía dónde estaba metiéndose. Evidentemente, Leo nunca había amado a Marina y, además, ella había encontrado a otro hombre, por eso había aceptado la ruptura de forma tan civilizada.

—No creo que importe tanto el vestido que lleve a una ceremonia civil —murmuró Grace.

—Será tu primera aparición pública como esposa de Leo y te sentirás más segura si llevas el atuendo adecuado —le aseguró Marina sabiamente—. Ir mal vestida no impresionaría a nadie.

—No tengo intención de impresionar a nadie —admitió Grace.

—Pero en nuestro mundo, te guste o no, las apariencias importan.

La diseñadora comentó que el blanco y el beige no destacaban en contraste con su pálida piel y que debería usar tonos menos ortodoxos. Y hasta Grace tuvo que reconocer que el vestido, una elección poco convencional, quedaba muy bien con su vibrante pelo rojo y pálida complexión.

Después de una visita a Harrods y a varias tiendas de diseño, contando con los servicios de una estilista, Grace descubrió que le gustaba, incluso le encantaba la ropa cara y bien confeccionada.

Pasó los dedos por el más suave cachemir, acarició seda, encaje y exquisitos bordados. Se quedó atónita cuando las caras prendas se ajustaban a su figura, dándole un aspecto refinado y atractivo con el que no habría soñado nunca.

Cuando la abrumadora experiencia terminó por fin, se puso unos cómodos zapatos planos con una falda corta negra y una chaqueta de color azul zafiro y estudió su elegante imagen frente al espejo, estupefacta. Por primera vez en su vida se sentía guapa y tal vez un poquito de maquillaje la ayudaría aún más.

–Gracias por todo –murmuró sinceramente.

Marina había movido su varita mágica como un hada madrina decidida a transformarla en Cenicienta.

–Mañana iremos al salón de belleza para hacerte unos tratamientos y entonces no me darás las gracias. Nunca te has depilado las cejas, ¿verdad? –preguntó la morena, con una mezcla de risa y fascinación.

Grace hizo una mueca.

–¿Tanto se nota?

–Consuélate a ti misma pensando que, a pesar de tu actitud relajada con los cuidados de belleza, Leo admite no poder apartar los ojos de ti desde el día que te conoció.

–¿Te ha dicho eso? –exclamó Grace, con el corazón aleteando dentro de su pecho.

Marina asintió con la cabeza.

–Al menos fue sincero.

De vuelta en el hotel, Grace fue directamente a la suite de Leo. Un extraño abrió la puerta y en el interior vio a dos hombres más hablando con él. Sin la chaqueta, el nudo de la corbata aflojado, los anchos hombros escondidos bajo una camisa blanca, Leo giró la cabeza para mirarla y se levantó de un salto.

–Marina ha hecho un buen trabajo –comentó, clavando los ojos en su esbelta figura, como si estuviera tocándola–. Es más, ha hecho un trabajo fabuloso.

–Me ha ayudado mucho –admitió Grace, colorada por el escrutinio y por la turbadora reacción de su cuerpo. La intensidad de su deseo por él hacía que sintiera un cosquilleo en los pezones.

–Mi gente... –Leo presentó a los tres hombres antes de pedirles que los dejasen solos. El trío desapareció después de tomar sus portátiles, maletines y chaquetas–. Tengo que hablar contigo sobre la lista de invitados.

–¿Para qué?

Cuando le preguntó el día anterior, Grace había nombrado a Matt y a sus tíos, pero no se le ocurría nadie más.

–He visto que no piensas invitar a tu padre –dijo él entonces, desconcertándola por completo.

–¿Cómo voy a invitarlo si no lo conozco? Nunca he tenido contacto con él

Grace se preguntó cómo sabía que su padre estaba vivo si nunca le había hablado de él.

–¿Nunca has tenido contacto con él?

–Nos dejó cuando yo aún no había cumplido los dos años. ¿Por qué lo preguntas? ¿Y cómo sabes que mi padre vive?

–Estuve investigando mientras esperaba que te pusieras en contacto conmigo –le confesó Leo, con una tranquilidad que la sorprendió.

–¿Qué? –exclamó, roja de rabia–. ¿Has hecho que me investigasen? ¿Quién te ha dado derecho a cotillear en mi vida? –le espetó, airada.

–Necesitaba saber quién eras... en caso de que es-

tuvieses embarazada –respondió él–. Es algo habitual
investigar a la gente con la que tengo tratos.

–¡Pero es que conmigo no tienes «tratos», estamos
hablando de mi vida privada! –gritó Grace, indignada
por esa invasión de su intimidad–. ¡No tenías ningún
derecho!

–Puede que no tuviese derecho, pero sí tenía razones para querer saber quién eran Grace Donovan y su
familia –replicó Leo–. Pero, volviendo a la pregunta
original, cuando descubrí la existencia de tu padre no
sabía si habías tenido contacto con él recientemente.

Aún furiosa con él, Grace apretó los labios para
controlarse.

–No he tenido contacto y no quiero tenerlo.

–Eso me parece un poco duro en estas circunstancias.

–¿Duro? Nos abandonó a mi madre y a mí. Y estoy
segura de que podría haberme encontrado en todos es-
tos años si tuviese algún interés, pero no lo ha hecho.

–Habría sido muy difícil para él cuando tu madre
lo llevó a los tribunales por acoso. Amenazó con acusarlo de agredirla y luego se cambió el apellido para
que le perdiese la pista.

Grace tragó saliva, apretando los puños. No sabía
de qué estaba hablando, no tenía ni idea. ¿Cómo podía
Leo saber más cosas sobre sus padres que ella misma?
¿Acoso, agresión? ¿Lo había llevado a los tribunales?
Ella no sabía nada de eso.

Viendo que los pálidos ojos verdes brillaban de
ira, Leo abrió un cajón, del que sacó una carpeta que
dejó sobre el escritorio.

–Este es el resultado de la investigación. Llévatelo
si quieres.

Temblando, Grace apartó la mirada.

—No me interesa.

—No quería disgustarte. Es que pensé que nada de eso sería una sorpresa para ti... tenías once años cuando tu madre murió, ¿no?

Que Leo la mirase con esa tranquilidad cuando ella estaba temblando de rabia la sacaba de quicio.

—No tienes ningún tacto, ¿verdad? De repente haces aparecer a mi padre, dejando claro que sabes más que yo sobre él... ¿No se te ha ocurrido pensar que eso es inexcusablemente cruel?

—No sabía que siguiera siendo un tema tan delicado para ti, pero tienes razón, debería haberlo comentado contigo. Tampoco a mí me gusta hablar de mi familia —Leo hizo un gesto de disculpa.

—Me marcho. Tengo una cita con mi tutor en una hora —Grace dio media vuelta y salió de la habitación antes de ponerse a llorar.

Leo levantó la carpeta y la dejó caer de golpe sobre el escritorio, frustrado. La había disgustado cuando no era su intención. Grace era muy sensible por sus problemas del pasado, ¿pero no los tenía él también? ¿Y desde cuándo se preocupaba por esos detalles o reaccionaba personalmente a la angustia de otra persona? La respuesta a esas preguntas lo heló hasta los huesos: desde que era niño, intentando consolar a su madre.

Cualquier deseo de seguir a Grace y razonar con ella desapareció de repente.

Intentando controlar sus poderosas emociones, Grace se apoyó en la pared del ascensor.

¿Qué tenía Leo Zikos que despertaba en ella un instinto agresivo? La noche que se conocieron había decidido ser ella misma y no el ratoncito que se había visto obligada a ser en casa de tus tíos para no recibir reprimendas.

Esa versión de Grace nunca se había expresado libremente. Nunca había perdido la paciencia y, desde luego, nunca había gritado a nadie. Entonces, ¿qué le estaba pasando? Se sentía inquieta por su comportamiento y por la fuerza de sus emociones. Era casi como si la noche en la que decidió ser ella misma hubiera destruido cualquier esperanza de controlar o esconder sus emociones. De repente, sentía cosas que no quería sentir.

Leo se podía ir al infierno con sus intromisiones, pensó, resentida. Había hecho que sintiera curiosidad, que deseara saber lo que él ya sabía sobre un padre al que apenas recordaba y eso la enfurecía porque siempre había intentado no pensar en él. Pero, de repente, estaba desesperada por saberlo todo y esa era una debilidad, una traición a sí misma. Ya sabía todo lo que tenía que saber sobre su padre: que no se había quedado a su lado porque no le importaba.

Después de charlar con su tutor pensó que su decisión de tomarse un año sabático era la más acertada. Mientras bajaba al primer piso, lleno de estudiantes, Grace intentaba pensar en positivo sobre la semilla de vida que crecía en su útero. Iba a enfrentarse con grandes cambios en su vida, pero esos cambios beneficiarían a su hijo, se dijo.

Casarse con Leo le daría tiempo y ese era un regalo precioso. Tiempo para acostumbrarse a la idea de la maternidad, tiempo para disfrutar del embarazo y de los primeros meses de la vida de su hijo sin el estrés de preguntarse cómo iba a sobrevivir siendo madre soltera. Y tendría el apoyo de Leo. Un hombre dispuesto a casarse por su hijo sería un buen padre y ella quería esa influencia paterna. Nunca había olvidado cuánto había deseado tener un padre siendo niña. En todos los sentidos, su vida sería más tranquila y retomaría sus estudios el año siguiente, pensó, aliviada.

Pero cuando se fue a la cama por la noche su mente seguía siendo un caos por la reacción que Leo provocaba en ella. Leo, siempre Leo, que había dominado sus pensamientos desde el momento que puso los ojos en él.

¿Cómo había ocurrido? Ella siempre se había enorgullecido de su disciplina, de saber controlar sus emociones, pero Leo Zikos había roto sus barreras defensivas como un cometa, despertando sentimientos y deseos que apenas entendía.

¿Era un encandilamiento? ¿Era sencillamente atracción sexual? ¿O su necesidad de entenderlo, de fijarse en sus virtudes, además de sus defectos, indicaba una atracción más peligrosa? El suyo sería un matrimonio de conveniencia después de todo e incluso Marina le había advertido que no esperase más de lo que él le ofrecía.

Pero en el silencio de la noche, Grace tuvo que enfrentarse con una inquietante verdad: estaba enamorándose profundamente de Leo. De un hombre que no tenía más interés por ella que el hijo que estaban esperando. Un hombre, además, que prácticamente la había chantajeado para que se casara con él y que, aunque prometiendo respeto y fidelidad, le había sido descaradamente infiel a su prometida.

Capítulo 8

NUNCA me has hablado de mi padre –le dijo Grace a su tío mientras iban al Registro Civil.

Declan Donovan estudió a su sobrina con cara de sorpresa.

–Me temo que no sé casi nada. Tu madre se negaba a hablar de él. Nos dijo que iba a casarse, pero no lo hizo. Un día tuvo una gran pelea con tus abuelos y dejó de hablarnos a todos. Creo que sentía que había quedado mal con todo el mundo y que era una cuestión de orgullo.

–¿Entonces no lo conociste?

–No, en absoluto. Keira se apartó de nosotros y le perdimos la pista durante años –el hombre sacudió la cabeza, sin poder disimular su pesar–. Keira era una mujer difícil, Grace. Nunca la entendí. Afortunadamente, seguía teniendo mi dirección entre sus pertenencias cuando murió y los servicios sociales pudieron ponerse en contacto conmigo para hablarme de ti.

Grace apartó la mirada. Debería haber hecho esa pregunta mucho antes, pero había sido demasiado orgullosa como para preguntar por un padre que la había abandonado.

–No importa –murmuró.

–Es natural que pienses en tus padres el día de tu boda –su tío le dio una palmadita en la mano.

Leo miró a Grace cuando entró en la sala y no fue el único. Los pocos invitados hicieron lo mismo, con expresiones que iban de la admiración a la sorpresa o la incredulidad. Anatole, sin embargo, hizo un gesto apreciativo con la cabeza ante la sorprendente aparición de la novia, como dando el sello de aprobación. Claro que Anatole, tuvo que reconocer Leo, nunca había querido que se casara con Marina y decía tonterías como que debía buscar a su alma gemela. Su padre era un romántico.

El vestido de novia, de color bronce con un brillo metálico, era una larga y simple túnica ajustada que destacaba las curvas de Grace y su pequeña estatura. Su vibrante pelo rojo sujeto en un moño que dejaba al descubierto el esbelto cuello de porcelana. Como adorno, solo llevaba una flor exótica de color castaño.

Un primitivo deseo lo asaltó cuando los pálidos ojos verdes se encontraron con los suyos. Tenía un aspecto increíblemente sexy y turbadoramente vulnerable.

–Lo que hace el dinero, ¿no? –comentó agriamente la prima de Grace–. Ese vestido te transforma, pero no es un vestido de novia.

Grace se obligó a sonreír. Sabía que a su tía y a su prima les molestaba que se casara con un hombre tan rico y poderoso como Leo, pero no iban a aguarle la fiesta.

Leo, alto, moreno e increíblemente guapo con un traje de chaqueta oscuro. Su corazón se aceleró y contuvo el aliento, intentando calmarse, ante su irresistible sonrisa.

–Estás guapísima –dijo con voz ronca, provocando un escalofrío en su espina dorsal–. Ven, voy a presentarte a mi padre, Anatole.

–Y a tu hermano Bastien.

Un joven alto de ojos burlones se acercó, desconcertando a Grace cuando se inclinó para darle dos besos en sendas mejillas.

–Ya está bien, Bastien –lo reprendió Leo.

–¿Me he pasado? –replicó él, con un brillo travieso en los ojos–. Ah, claro, nunca te gustó compartir tus juguetes conmigo.

Leo lo miró con gesto impaciente mientras ponía una mano en la espalda de Grace.

–Algún día te partiré los dientes –lo amenazó.

Molesta porque Bastien la había descrito como uno de los «juguetes» de Leo, Grace murmuró con gran sentido común:

–Un apretón de manos habría sido un poco formal cuando estoy a punto de formar parte de la familia.

–Solo cuento a mi padre como familia –replicó Leo, sus mejillas teñidas de un fiero rubor.

En respuesta a esa clara hostilidad contra su hermanastro, Grace se volvió para saludar a Anatole, que se había quedado callado mientras sus dos hijos discutían.

Matt se acercó a ella tímidamente unos minutos después.

–Casi no te había reconocido –admitió.

–Espero que sea un halago –bromeó Grace.

Charlaron sobre su decisión de tomarse un año sabático hasta que llegó el momento de entrar en la sala donde tendría lugar la ceremonia.

Grace se concentró en el bonito ramo de flores sobre la mesa mientras escuchaba atentamente las palabras del funcionario. Ella hubiera preferido una ceremonia religiosa, pero no se le había ocurrido mencionarlo.

Leo le puso el anillo en el dedo, pero no le había dado uno con el que devolverle el favor y hubo una bochornosa pausa mientras el funcionario le indicaba a Grace que se lo quitase para ponerlo en el dedo del novio.

Evidentemente, Leo no llevaría una alianza que anunciase al mundo que estaba casado, pensó Grace, preguntándose por qué ese pequeño detalle la hacía sentir tan insegura. No todos los hombres llevaban alianza.

Después de la ceremonia se sirvió un almuerzo en un exclusivo hotel. Grace se vio reflejada en uno de los muchos espejos que cubrían las paredes y apenas se reconoció. En el salón de belleza la habían arreglado, masajeado, peinado, depilado y maquillado, convirtiéndola en otra persona.

Había visto a Della y Jenna poner cara de sorpresa al ver su nueva imagen y sabía que ya no tenía un aspecto impropio al lado de Leo. El miedo a que su aspecto informal pudiese avergonzarlo había hecho que tolerase los tratamientos de belleza, sabiendo que al menos debería intentar formar parte de su mundo.

Grace siempre había creído que si algo merecía la pena había que hacerlo bien y así era como pensaba abrazar su papel en la vida de Leo Zikos.

—Si vamos a irnos pronto debería cambiarme —susurró Grace después de abrir el baile en los brazos de

Leo, cada centímetro de su cuerpo temblando ante el contacto.

–No hay necesidad. Iremos directamente al aeropuerto –dijo él–. Estoy decidido a ser yo quien te quite ese vestido, *meli mou*.

En unos minutos estaban despidiéndose de los invitados para subir a la limusina. Viajar con Leo era, descubrió Grace, muy diferente a cualquier viaje de vacaciones que hubiera hecho. No tuvieron que esperar cola en el aeropuerto porque los llevaron a una sala VIP, donde esperaron cómodamente tomando un refresco, sin tener que molestarse con el equipaje.

–Aún no me has dicho dónde vamos –le recordó Grace.

–A Italia, tengo una casa allí. Es muy tranquila –Leo pasó un dedo por el interior de su muñeca, donde una vena latía bajo la fina piel–. Perfecta para una luna de miel.

Cuando subieron a su avión privado, el personal de cabina la saludó amablemente. Grace estudió los opulentos asientos de piel y las mesas de madera brillante antes de sentarse. Cuando miró la alianza que llevaba en el dedo tuvo que tomar aire. Era la esposa de Leo, pero solo porque estaba embarazada de su hijo, se recordó a sí misma mientras el avión despegaba. No debería olvidarlo.

Un momento después se llevó una sorpresa cuando Leo dejó la carpeta con el resultado de su investigación sobre la mesa.

–Siento mucho que mi investigación te disgustase, pero deberías saber lo que he descubierto. Si quieres, por supuesto.

Grace palideció. Sabía que debía reunir valor para

hacerlo y era un alivio que no la presionase, de modo que abrió la carpeta y empezó a leer...

Y enseguida quedó claro que solo le habían contado una perspectiva de la historia, la de su madre. Y la de su padre era muy diferente.

–¿Sabías que tu madre era adicta al alcohol y las drogas? –le preguntó Leo.

–Sí, claro, pero mis tíos me dijeron que no debía mencionarlo nunca. Se avergonzaban –le confió Grace–. Mi madre empezó a tomar drogas cuando yo era un bebé, pero no sabía que hubiese ido a rehabilitación antes de que cumpliese un año.

–Tu padre la llevó a esa clínica de rehabilitación, pero no sirvió de nada.

No, desde luego, pensó ella. Los turbadores recuerdos de su difunta madre incluían verla comatosa en el suelo o haciendo cosas inapropiadas porque necesitaba una dosis.

–Debió ser muy duro para un médico vivir con una adicta que, además, era la madre de su hija.

–Sí, claro, y por supuesto encontró a otra mujer, médico como él. Y nos abandonó.

–Pero llevó a tu madre a los tribunales para intentar conseguir tu custodia.

Eso era nuevo para Grace. La historia que le habían contado terminaba con el abandono de su padre y su matrimonio con otra mujer. Inclinó la cabeza para seguir leyendo y descubrió que su padre no había conseguido la custodia porque Keira Donovan había convencido a la trabajadora social de que iba a dar un giro de ciento ochenta grados a su vida. Aunque su padre había conseguido derechos de visita, las discusiones y las cancelaciones de última hora habían evitado que se viesen.

Según el informe, para entonces su padre se había casado y Grace recordaba la amargura de su madre. En un claro intento de impedir sus visitas, Keira había acusado a su padre de agredirla y esa acusación hizo que fuera investigado por la policía, los servicios sociales e incluso el Colegio de Médicos. Durante ese período, Keira había desaparecido y cambiado su apellido para que no pudiese encontrarlas.

Y, por fin, su padre había dejado de buscarla. Para entonces tenía otro hijo y otra familia en la que concentrarse.

–Tu madre te llevó a vivir a una comuna en Gales –comentó Leo–. ¿Cómo era, lo recuerdas?

–Irónicamente, era mejor que vivir sola con mi madre –admitió Grace, sintiéndose culpable–. Había otras personas alrededor para cuidar de mí, iba al colegio y comía a mis horas.

–No fue fácil para ti.

–Ojalá mi padre me hubiese encontrado. Ojalá hubiera seguido buscándonos, pero seguramente temía que mi madre volviese a acusarlo de algo y que eso destrozase su carrera –Grace suspiró cuando llegó a la parte en que sus tíos le habían dado un hogar tras la muerte de su madre por una sobredosis–. Lo entiendo. Mi madre era increíblemente difícil y estaba muy amargada. Odiaba a mi padre...

–¿Y qué piensas de él ahora?

–No lo sé. Supongo que hizo lo que pudo en esas circunstancias y parece claro que no me abandonó como me habían hecho creer. Al menos tú tuviste la suerte de tener a tus padres –le recordó ella, dejando el informe sobre la mesa.

De modo que su padre no la había abandonado. Se alegraba de que hubiera intentado conseguir su custodia, aunque al final hubiese perdido la batalla, y por primera vez se preguntó si debería ponerse en contacto con él.

Leo hizo una mueca.

–Tener a mis padres nunca me pareció una suerte. Anatole se casó con mi madre, que era una mimada heredera griega, sobre todo por su dinero.

Grace lo miró, sorprendida.

–¿Cómo puedes acusar a tu padre de algo así?

–Porque es la verdad. Aunque se casó con mi madre, estaba enamorado de una camarera llamada Athene, su amante durante años, que quedó embarazada de Bastien solo unos meses después de que mi madre me concibiese a mí –dijo él, muy serio–. Por fin, mi madre descubrió que no era la única mujer en la vida de mi padre... yo debía tener seis años entonces. Aún recuerdo los gritos, las escenas, las broncas. Anatole prometió dejar a Athene y vivimos en paz durante un tiempo, pero por supuesto estaba mintiendo y mi madre lo descubrió. Ese mismo patrón destructivo de comportamiento se repetía una y otra vez...

–Imagino que fue terrible para tu madre. Debía estar muy enamorada de él para perdonarlo.

–Pero él amaba a Athene y Bastien era casi de la misma edad que yo, así que Anatole tenía dos familias. Era un triángulo horrible. Mi padre no podía dejar a Athene y mi madre se negaba a darle el divorcio. Una vez, cuando intentó dejarla, se tomó un bote de pastillas y eso lo asustó.

–Ya, claro.

–Cuando yo tenía trece años, Athene murió en un accidente de coche y Bastien fue a vivir con nosotros. Mi madre estaba tan aliviada por la muerte de su rival que aceptó sin discutir. Bastien y yo nos llevábamos fatal –Leo exhaló un suspiro–. Y el matrimonio de mis padres me convenció de que no quería esa pasión en mi vida.

Grace tomó un sorbo de refresco.

–¿Qué quieres decir?

–Nunca he querido saber nada de ese sentimiento posesivo, esos celos, las discusiones o las expectativas que tienen la mayoría de las parejas casadas.

–Esa es la parte mala, pero el amor tiene su parte buena –señaló Grace.

–No, para mí no –replicó Leo, aparentemente convencido–. Yo no estoy buscando amor en nuestro matrimonio.

A pesar de tener el estómago encogido, Grace intentó sonreír.

–Yo tampoco, pero sí espero que quieras a nuestro hijo.

–Ese es un amor diferente.

–Un amor menos egoísta, desde luego –asintió ella. le gustaría preguntarle por su relación con Marina, pero se mordió la lengua–. Tú perdonaste a tu padre por sus errores, ¿no?

–Es un buen hombre que se metió en un agujero del que no podía salir. No era su intención hacerle daño a nadie y el resultado fue que nos hizo daño a todos.

Grace bajó la mirada.

–Si tanto te dolió la infidelidad de tu padre, ¿cómo pudiste serle infiel a Marina?

–Pero yo no... no engañé a Marina –Leo la miró con un brillo en sus ojos oscuros–. Marina y yo nos comprometimos y luego decidimos que cada uno haría su vida hasta que nos casáramos.

–Pero eso es muy raro.

–¿Por qué? Ninguno de los dos tenía prisa por casarse y no éramos amantes, así que no fue el acuerdo frío que estás imaginando.

«No éramos amantes».

Esa frase se repetía en la cabeza de Grace.

–¿Quieres decir que Marina y tú nunca...?

–Nunca, pero eso es confidencial.

Grace se quedó en silencio, entendiendo por fin el comentario de Marina sobre la indiferencia de Leo. Pero que él se hubiera conformado con dejar que Marina hiciera lo que quisiera mientras estaban comprometidos decía mucho sobre su frío carácter. De hecho, era comprensible que la morena hubiese decidido que sería más feliz con otro hombre.

También había dicho que era malo para su autoestima y por fin lo entendía. ¿Sería Leo tan frío con ella en el futuro?

El avión aterrizó en La Toscana y tomaron un helicóptero para llegar a la finca. Para entonces Grace estaba deseando quitarse el vestido. Por no hablar de los zapatos de tacón.

Miró de soslayo a Leo, recordando su intención de quitárselo personalmente, y una oleada de calor inflamó su traidor cuerpo, el deseo tan potente como una tormenta eléctrica. Pero el deseo era como el alcohol cuando él estaba cerca y se sentía mortificada por esa debilidad.

Leo la ayudó a bajar del helicóptero cuando llegaron y Grace miró, atónita, un edificio de piedra clara a unos cincuenta metros de ellos.

—Pero si es un castillo.

—Sí, pero uno pequeño. Comprado por un excéntrico millonario en los años veinte y luego por mi madre —le explicó Leo, mientras la llevaba hacia la elegante entrada del castillo, en medio de un hermoso jardín—. En una ocasión pensé convertirlo en un hotel, pero cuando terminaron las reformas decidí quedármelo como refugio.

—Hace calor para esta época del año —comentó Grace, agradablemente sorprendida, mientras recorrían el camino flanqueado por árboles que llevaba a la entrada.

En Londres habían bajado las temperaturas mientras en la Toscana seguía habiendo flores. Aún faltaba mucho tiempo para que llegase el otoño.

Una alegre ama de llaves los recibió en la puerta, hablando en italiano. Se llamaba Josefina y la saludó en su idioma, para alivio de Grace.

Después de las presentaciones, Leo la llevó hacia una escalera de piedra y, una vez en el piso de arriba, directamente a un enorme dormitorio con un torreón en cada esquina.

—¡Qué maravilla! —exclamó Grace, apartándose para explorar los torreones, encantada al ver un baño en uno de ellos y un vestidor en el otro.

Leo enarcó una ceja de ébano con gesto divertido, disfrutando de su emoción.

—¿Te gusta?

—Me encanta —le confesó ella, quitándose los zapatos.

–Tardaron mucho en reformarlo, pero estoy contento del resultado.

Grace admiró un precioso ramo de lirios blancos sobre una antigua cómoda y estudió la enorme cama, con su inmaculado edredón de seda blanca.

–Es tan romántico.

–Yo no sé nada de romanticismos –le recordó él mientras se quitaba la chaqueta.

–Muerde la bala, Leo –le aconsejó Grace, burlona–. Este es un sitio muy romántico.

Él esbozó una sonrisa. Grace era tan increíblemente atractiva. Se había soltado el pelo en el avión y los brillantes mechones caían sobre sus delgados hombros, el vestido resplandeciente bajo la luz del sol que entraba por la ventana. Se colocó tras ella para desabrochar la cremallera, apartando la tela de sus hombros mientras besaba la pálida piel.

Grace contuvo el aliento al ver su reflejo en el antiguo espejo de la pared. El roce de sus labios la hacía temblar. Su pelo era tan oscuro en contraste con el suyo, sus manos tan grandes sobre los blancos hombros. El vestido cayó al suelo, a sus pies.

–Me encanta –murmuró, admirando sus curvas ceñidas por un sujetador de encaje blanco con bragas a juego.

–Pensé que... te gustaría –Grace tartamudeó, ruborizada por estar delante de él con ese provocador conjunto de ropa interior.

–Es fácil complacerme –susurró Leo, desabrochando el sujetador para acariciar un erguido pezón entre el pulgar y el índice antes de deslizar un dedo en las braguitas para tocar su húmedo calor.

Grace dejó escapar un gemido, experimentando

tantas sensaciones a la vez que no podía vocalizar o pensar siquiera. Él aplastó sus labios, mordiéndola y provocándola con erótica experiencia.

–Te deseo tanto que estoy ardiendo –susurró, poniéndose de rodillas para tirar hacia abajo de sus bragas–. Y quiero que tú te quemes conmigo, *hara mou*.

Experimentó un placer inusitado cuando cerró la boca sobre la zona más sensible de su cuerpo. No podía creer que estuviera ahí, de pie, dejando que Leo...

Se le doblaron las rodillas. Ahogada de deseo, los gemidos escapaban de su garganta sin que pudiese evitarlo. De repente, era más de lo que podía soportar y, por suerte, Leo sujetó sus caderas para mantenerla en pie cuando el orgasmo casi la hizo caer al suelo.

Después la llevó a la cama y se quitó la ropa con una impaciencia que podía sentir en cada fibra de su cuerpo.

–Esta noche tampoco podré ir despacio –le advirtió Leo, colocándose sobre ella desnudo y urgentemente excitado.

Grace sintió que empujaba contra su tierna carne y levantó las piernas para enredarlas en su cintura a modo de bienvenida. El deseo era como un monstruo que no podía ser saciado, aunque acababa de tener un orgasmo. Ardiendo por él, gritó de placer tras su poderosa invasión. Leo se apartó para entrar de nuevo, el potente ritmo despertando una conflagración en su pelvis, su avaricioso cuerpo deseando llegar a la cima de nuevo.

–Por favor, no pares –se oyó decir.

Y él no paró hasta derramarse en su interior. La descarnada intensidad del placer provocó tal convulsión que tardó unos segundos en recuperarse. Lo abrazó cuando terminaron, pero entonces recordó que Leo se apartaba después del sexo y saltó de la cama para ir al baño. Saber que le gustaría abrazarlo y quedarse a su lado había hecho que se retirase por miedo a lo que podría revelar. No había sitio para sentimentalismos con los límites que Leo había impuesto en ese matrimonio.

Unos minutos después, él entró en el espacioso baño.

–¿Por qué te has levantado tan deprisa?

–Eso es lo que sueles hacer tú –respondió Grace inocentemente–. ¿Te ha molestado?

Leo intentó disimular su sorpresa. Le había dolido. De hecho, se había sentido ridículamente rechazado. Por instinto, entró en la ducha y la abrazó.

–Las cosas cambian. Ahora estamos casados y creo que podemos ser un poco más afectuosos.

Grace tuvo que esconder una sonrisa. No era un bloque de hielo. Dañado por el tóxico matrimonio de sus padres, había evitado dejarse llevar por las emociones durante toda su vida. Pero podía aprender, se dijo.

Y aprendía rápido, tuvo que reconocer cuando el abrazo se volvió apasionado.

Un par de horas después, estaban desnudos sobre un montón de mantas de piel frente a la chimenea del salón. Al caer la noche su apetito había vuelto y fueron a la cocina para buscar algo de comer. Por suerte, Josefina se había ido unas horas antes.

–Pensé que las mujeres embarazadas tenían náuseas –comentó Leo–. Pero tú tienes buen apetito.

–No he tenido náuseas –admitió Grace–. He estado un poco mareada alguna vez, pero nada más.

–He pedido cita con un médico local...

–Eso es incensario. Aún es muy pronto.

Leo lanzó sobre ella una mirada de advertencia.

–Por favor. Me gusta saber que estoy cuidando bien de ti.

Lo que decía era sensato, pero a Grace le preocupaba que si cedía en eso tendría que seguir cediendo.

–¿Hacías lo mismo con Marina?

Leo apoyó la cabeza en sus manos.

–Nunca sentí la necesidad de involucrarme en su vida... ocasionalmente le daba algún consejo, pero nada más. Tú eres diferente.

–¿En qué sentido soy diferente?

–Estás embarazada –le recordó él, decepcionándola con ese comentario.

–¿Y por qué querías casarte con Marina?

–Porque pensé que era perfecta para mí. Por supuesto, nadie lo es –se apresuró a decir Leo–. Pero creía que Marina era lo más parecido a una esposa ideal porque teníamos muchas cosas y amigos en común.

«Nunca hagas una pregunta si no crees que vaya gustarte la respuesta», se recordó Grace.

¿Cómo iba a competir con ese ideal de mujer? Sobre todo cuando esa mujer ideal seguía ahí. ¿Sería posible que Leo sintiera algo más por Marina y se diera cuenta al perderla? No era un pensamiento muy productivo, se dijo, intentando controlar una oleada de inseguridad.

–¿Por qué no quieres hacerte el análisis de sangre que el médico te ha recomendado? –preguntó Leo, impaciente.

Grace arrugó la nariz.

—Porque no me pasa nada, estoy perfectamente.

—Pero el médico...

—El doctor Silvano es agradable, pero un poco anticuado. Parece pensar que mi nivel de hormonas está mal solo porque no tengo náuseas, pero unas cuantas afortunadas no las tienen y yo soy una de ellas. Es uno de esos médicos que trata el embarazo como una enfermedad y yo no estoy de acuerdo.

Leo la miró sin disimular su irritación y Grace se ruborizó mientras observaba a un grupo de niños jugando y gritando en una plaza empedrada. En unos años su hijo tendría esa edad, pensó, deseando que Leo no se involucrase tanto en el embarazo. Sin embargo, ¿cómo podía criticar que se preocupase por su bienestar?

—Vendré mañana a primera hora para hacerme los análisis —se rindió por fin, haciendo una mueca—. ¿Eso te hace feliz?

Una sombra de sonrisa suavizó las duras líneas de su escultural boca. Llevaban en Italia cuatro increíbles semanas y Grace no se cansaba de admirar su orgullosa nariz, cómo fruncía el entrecejo cuando algo lo molestaba, las largas pestañas negras o esos ojos que se volvían de oro en la cama. No se cansaba de mirarlo siquiera cuando la sacaba de quicio.

—Sí, eso me haría feliz —respondió él, sacando el móvil del bolsillo para pedir la cita.

Grace tomó un trago de agua de su botella, pensando que Leo le había dado una clase maestra en el arte del compromiso y la negociación. Su fuerte personalidad hacía que discutieran de vez en cuando, pero era más profundo de lo que quería dar a entender. Inteligente, dominante y sobreprotector, también era muy divertido, interesante, gran conversador y la fantasía de cualquier mujer en la cama. Desde la noche de bodas no había vuelto a apartarse después de hacer el amor y no quería tener pensamientos negativos. Lo amaba, aunque sabía que esa emoción no era correspondida. Al contrario que él, no esperaba un marido perfecto.

Además, Leo podía decir que no quería saber nada de romanticismos, pero era curioso que estuvieran rodeados de románticos paisajes y que cenasen a la luz de las velas. La había llevado a ver una procesión en las calles de Lucca una noche para cenar después en una terraza, con las estrellas brillando sobre sus cabezas. Habían disfrutado de una típica merienda sobre la hierba, bajo un viejo castaño, admirando los viñedos del valle. Sin ruidos, sin gente, sin nada que les recordase que estaban en el siglo XXI, eran maravillosos momentos de paz. Dormía como nunca, probablemente porque comía mucho gracias al talento culinario de Josefina, habían visitado ciudades preciosas y habían cenado un par de veces con amigos de Leo.

Y también habían ido de compras. Grace miró el reloj de oro que llevaba en la muñeca, y pensó en el fabuloso juego de collar y pendientes de perlas que le había regalado. Por no hablar del fabuloso bolso que había admirado en un escaparate para tenerlo en su mano un minuto después. Leo era muy generoso y no hacía regalos para demostrar lo rico que era. Si le gustaba alguna joya, él se la regalaba sin fanfarrias, con tanta simpatía que era imposible rechazarla. No, no podía criticar su intelecto, su compañía, su generosidad o el alto voltaje de su sexualidad.

Además, después de un mes viviendo juntos no podía seguir pensando que la había chantajeado para que se casara con él.

—Cuando dijiste que el puesto de trabajo de mis tíos dependía de mi decisión estabas mintiendo, ¿verdad?

Leo se echó hacia tras en la silla, sonriendo.

—Me preguntaba cuánto tiempo tardarías en darte cuenta.

—¿Quieres decir que no lo habrías hecho?

—Claro que no, yo no soy un hombre injusto. Tu tío te dio un hogar cuando lo necesitabas y lo respeto por ello, aunque dudo mucho que tu tía te hubiese acogido en su casa —Leo la estudió en silencio durante unos segundos—. Y por algunos detalles que se te han escapado, creo que debería ser quemada en la hoguera por bruja. Y seguramente tu prima también.

Grace soltó una carcajada.

—Ay, Dios.

—Aunque en realidad me has hecho un favor. Tu posición en la familia Donovan se parece a la de Bastien en la mía. Cuando éramos niños no me daba cuenta de que Bastien era excluido a menudo, que lo hacíamos sentir como un extraño —Leo se había puesto serio—. Eso fue tan injusto con él como lo fue contigo.

Grace asintió, impresionada por su sinceridad. La animosidad entre Leo y su hermanastro la había desconcertado y sospechaba que nunca se verían sin que uno intentase fastidiar al otro.

—Por desgracia, ser consciente de esa realidad no hace que Bastien me caiga bien, pero es la razón por la que te hice creer que quería chantajearte. Estaba dispuesto a usar cualquier arma a mi disposición —le confesó luego–. No podía tolerar que nuestro hijo tuviera que soportar lo mismo que Bastien y tú y si no nos hubiéramos casado, eso es lo que habría pasado.

–¿Entonces debo perdonar el chantaje porque tu objetivo era honorable? –preguntó Grace, irónica–. Con ese razonamiento podrías perdonar hasta un asesinato.

Leo esbozó una sonrisa de lobo.

–Pero te gusta estar casada conmigo, ¿no?

Grace apoyó la barbilla en el canto de la mano.

–¿Y por qué crees eso?

–Cantas en la ducha, sonríes mucho... incluso te lanzas sobre mí en la cama de vez en cuando –respondió Leo, con esa seguridad en sí mismo que le parecía tan irresistible.

Grace no sabía cómo reaccionar ante esa inesperada lista de errores. Porque sonreír todo el tiempo delataba los sentimientos que él no quería que experimentase y que ella no quería revelar. Pero era imposible esconder que se sentía feliz, más feliz que nunca en toda su vida. Aunque Leo no la amase, le importaba y parecía encontrarla irresistible. ¿De verdad necesitaba algo más que eso? El romanticismo y las alianzas que algunos hombres llevaban orgullosamente en el dedo sería la guinda del pastel, pero no algo estrictamente necesario.

–Pues esta noche no pienso lanzarme sobre ti –le advirtió, sin poder disimular que se había puesto colorada.

Leo soltó una carcajada. Grace le tomaba el pelo como ninguna otra mujer y, además, era dinamita en la cama. Oh, no, no tenía la menor queja sobre el matrimonio. De hecho, estaba encantado con su esposa.

La acompañó al coche y notó que un tipo en una moto arriesgaba el cuello para mirarla. Grace llevaba una camisola rosa que dejaba al descubierto más escote del que a él le gustaría, y una falda blanca que destacaba su trasero respingón y sus fantásticas piernas. Apretó los labios, preguntándose cuándo empezaría a ser menos sexy. Estaba deseando que se le notara el embarazo porque le ofendía que otros hombres mirasen a su mujer de manera lasciva.

Grace se alegraba de que una brisa fresca refrescase su piel mientras iban al castillo porque sentía un extraño calor.

—Necesito darme una ducha —comentó mientras subía por la escalera.

—Yo también.

Iba a entrar en el baño cuando Leo la tomó del brazo, mirándola con expresión asustada.

—Grace, tu falda... estás sangrando.

Capítulo 9

GRACE entró en el baño y se miró en el espejo, asustada. Después, casi como en estado de shock, empezó a quitarse la ropa.

–¿Qué haces? ¡No puedes ducharte ahora... tienes que tumbarte! –Leo la tomó por la cintura.

–Si estuviera teniendo un aborto espontáneo no podría hacer nada para evitarlo.

Leo llamó al doctor Silvano y luego volvió al baño, intentando contener el deseo de sacarla de la ducha y obligarla a tumbarse en la cama, pero temiendo que ponerse en plan cavernícola la disgustase aún más. La envolvió en una toalla cuando salió y se quedó a su lado incluso cuando gritó que la dejase en paz.

–Estás helada.

–Es el shock –murmuró, haciendo un esfuerzo para meter los brazos por las mangas del albornoz–. Uno de cada cuatro embarazos termina en un aborto espontáneo durante el primer trimestre y solo estoy de ocho semanas...

–Calla –la interrumpió Leo, tomándola en brazos para llevarla a la cama–. ¿Te duele?

Ella hizo una mueca.

–No, nada en absoluto.

–Pero tienes que ir al hospital. *Diavelos*... debería

haberte llevado allí directamente –Leo tomó aire mientras paseaba de un lado a otro, rígido de tensión y de remordimientos.

–No voy a ir al hospital. Me daría angustia estar en el ala de ginecología, rodeada de mujeres embarazadas y recién nacidos.

–Estarías en una habitación privada. Y no seas tan pesimista, puede que no sea lo que tú crees.

Grace no dijo nada. Se quedó tumbada mirando el techo, atormentada por sus pensamientos. ¿Iba a ser aquel su castigo por haberse planteado la posibilidad de la adopción, por no haber valorado el regalo que había recibido? Al parecer el doctor Silvano estaba en lo cierto al decir que las náuseas y los pechos sensibles eran la indicación de un embarazo estable.

Le escocían los ojos. Era inconcebible que solo unas horas antes Leo y ella hubieran estado riendo sin saber qué los esperaba.

Por fin, aceptó ir al hospital y esperó en la sala de Urgencias. Podía oír a Leo hablando en italiano con un médico y pensó tontamente en lo útil que era hablar idiomas. Unos minutos después la llevaron a una habitación. Leo la ayudó a tumbarse en la cama y esperaron en tenso silencio hasta que entró una enfermera con un escáner portátil. Grace se quedó inmóvil, rezando mientras le ponía el gel sobre el vientre, sus esperanzas y sueños muriendo cuando ningún sonido salió del escáner.

La enfermera se excusó un momento y volvió después con el médico. Como temía, le explicó que la máquina no detectaba el latido del corazón, pero que volverían a hacer la prueba al día siguiente para comprobar que no había ningún error.

–No veo por qué tenemos que esperar veinticuatro horas –protestó Leo, pálido bajo la bronceada piel.

–Lo habitual es esperar veinticuatro horas y volver a comprobarlo –dijo Grace.

–Iremos a Roma o a Londres, a un hospital con la más moderna tecnología.

El ginecólogo les explicó que no sería buena idea mover a Grace y que viajar en avión podría ser peligroso.

–No pienso ir a ningún sitio –dijo ella, mirando la pared porque no podía seguir mirando a Leo.

Todo había terminado. ¿Por qué lo hacía más difícil luchando contra la evidente conclusión? Seguramente había perdido el bebé y todos lo aceptaban menos él. La segunda prueba solo era una precaución rutinaria.

Leo era rico y poderoso, y estaba acostumbrado a que su dinero cambiase lo negativo en positivo, pero tristemente no había forma de hacerlo en esa situación. Su bebé había muerto sin saber lo que era la vida... un sollozo escapó de su garganta.

Leo se sentó al borde de la cama y tomó su mano.

–Lo superaremos –susurró, mirando su pálido perfil mientras intentaba encontrar palabras de consuelo.

–No tenía que ser –dijo Grace, convencida.

–Algún día... tendremos otra oportunidad.

–No habrás más oportunidades para nosotros.

Grace estaba desolada y seguramente no sabía lo que decía. Y Leo, intentando controlar la angustia y el vacío que se abría ante él, se dio cuenta de que también lo estaba. Mucho más de lo que habría esperado en esas circunstancias.

–No seamos pesimistas. Mañana...

–Me dolerá más si me hago ilusiones –lo interrumpió Grace, girando la cabeza para mirarlo, su pelo sobre la almohada, los pálidos ojos acusadores.

Leo sintió que los suyos se empañaban, frustrado porque le gustaría solucionarlo, pero no podía hacer nada.

–También era mi hijo –murmuró.

–Lo sé, eso es lo único que te importa. No necesito que me lo recuerdes –temblando, Grace volvió a ponerse de costado.

Pálido, Leo se levantó para sentarse en una silla.

–Intenta dormir. Me quedaré aquí, contigo.

Grace se sentó abruptamente, sintiendo como si estuviera ahogándose de infelicidad. Leo estaba a unos metros, con un exquisito traje gris, el pelo negro alborotado, sus preciosos ojos inusualmente brillantes.

Claro que estaba disgustado, ella sabía que así era. Después de todo, no era un bloque de hielo. Desgraciadamente, Grace sabía lo que significaba para ellos perder el bebé.

–No tiene sentido que te quedes.

Por supuesto, Leo no estaba de acuerdo. Necesitaba estar con ella y eso no era negociable. Tenía que comprobar que comía bien y se cuidaba. Y si la situación empeoraba quería estar a su lado.

–¿Por qué quieres quedarte?

Grace tenía que luchar contra su anhelo de tenerlo cerca, convencida de estar haciendo lo que debía: enfrentarse con la realidad, seguir adelante y olvidar un futuro que nunca sería suyo. ¿Cómo iba a pensar de otro modo cuando ese futuro había estado unido con el hijo que esperaban?

–Eres mi mujer, *hara mou*. Debo estar a tu lado –se limitó a responder él–. Estás disgustada, los dos estamos disgustados, pero juntos somos más fuertes.

–Tal vez eso sería cierto si estuviéramos enamorados, pero no lo estamos –Grace apretó los puños intentando contener el dolor–. Ya no somos una pareja. ¿Cómo vamos a serlo después de lo que ha pasado?

Se habían casado por el niño y sin él no había nada que los uniese. Tenía que enfrentarse con esa realidad, le gustase o no. Lo amaba, pero Leo no la amaba a ella y no quería que se sintiera obligado.

Leo se levantó para acercarse a la cama.

–No sé de qué estás hablando.

–Solo digo lo que tengo que decir. Eres libre.

Él palideció, sus exóticos pómulos más pronunciados que nunca. Sentía como si lo hubiese golpeado en el estómago. No quería ser libre. Se había acostumbrado a estar casado y se llevaban bien. No sabía cómo o por qué era tan importante para él, pero así era. Se había acostumbrado a estar con Grace y no podía imaginar su vida sin ella. Quizá era más una criatura de costumbres de lo que había pensado porque en muy poco tiempo Grace se había convertido en alguien necesario en su vida.

–¿Y si no quisiera ser libre?

–Si eso es lo que crees que sientes, te estás mintiendo a ti mismo –replicó Grace con sorprendente convicción–. ¿Y por qué? Porque sientes compasión por mí y crees que es tu obligación protegerme. Tienes un gran sentido de la responsabilidad y es muy noble por tu parte, pero no dejes que eso te ciegue. Yo no soy lo que quieres en tu vida.

Leo se preguntó por qué creía saber lo que él sentía. ¿De verdad pensaba que era tan estúpido que no podía decidirlo por sí mismo? Le gustaría decírselo, pero sabía que no era el momento.

–Nos hemos casado por nuestro hijo y todo lo que has compartido conmigo ha sido por eso. Sin él... –Grace tragó saliva, con los ojos llenos de lágrimas– no hay matrimonio. Ni siquiera tenemos una relación. Podemos divorciarnos cuando quieras...

–¿Estás loca?

¿Divorciarse? ¿Cómo podía decir eso?

–Ni siquiera llevas puesta la alianza.

Leo se miró los dedos, sorprendido, preguntándose qué tenía eso que ver y si debería marcharse de la habitación para no seguir discutiendo.

–Ni siquiera te molestaste en preguntar si me gustaría casarme por la Iglesia porque nunca quisiste que este fuese un matrimonio de verdad. No me elegiste a mí –lo condenó Grace–. Te casaste conmigo porque estaba embarazada, solo por eso.

Leo pensó entonces que no la conocía. Grace nunca le había dado a entender que le gustaría que llevase la alianza y, de repente, estaba condenándolo por un pecado que no sabía haber cometido. Eso era injusto.

–Puedo comprar una alianza –sugirió.

–Esa no es la cuestión –exclamó Grace, frustrada porque esa no era la reacción que había esperado. Había esperado que mostrase alivio.

–¿Entonces por qué lo has mencionado? Mira, déjalo, ya hablaremos de ello cuando no estés tan disgustada.

Grace levantó la barbilla.

–Pensé que era mejor decirlo en voz alta. No quiero que finjas lo que no sientes. Sentías algo por el niño, no por mí.

–Eso no es cierto –replicó Leo, perdiendo la paciencia–. Eres mi mujer y estoy comprometido contigo.

–Pero yo no quiero que te sientas comprometido... ¡lo que quiero es amor!

–Te advertí que no podría ofrecerte eso –Leo tomó aire.

–Podrías si quisieras –dijo Grace con amargura–. Pero no quieres. ¿Y sabes por qué? No porque tuvieses un infancia infeliz, sino porque emocionalmente eres un cobarde.

Leo tuvo que morderse la lengua.

–Vamos a dejarlo, Grace.

–Pero es verdad. No tienes relaciones porque temes que te hagan daño. A nadie le gusta que le hagan daño, pero la mayoría de los seres humanos intentamos que las relaciones personales no sean solo algo práctico y conveniente. Y tú estás demasiado ocupado protegiéndote a ti mismo como para intentarlo siquiera –exhausta, se dejó caer sobre las almohadas–. Vuelve al castillo, yo estoy bien.

–¿Vas a pensar en el divorcio? –la desafió Leo.

–Es inevitable –susurró Grace, con el corazón pesado–. No hay nada que nos mantenga unidos.

–Si de verdad quieres que me vaya, me iré y volveré mañana a primera hora –dijo él, tenso.

–No tiene sentido que vengas para la segunda ecografía.

Grace sabía que iba a ponerse a llorar. Por mucho que intentase ser realista, aún había una chispa de esperanza dentro de ella y se le rompería el corazón cuando confirmasen que había perdido el hijo que esperaba. No quería que Leo lo presenciase y sintiese compasión por ella.

–¿Cómo no voy a venir?

–Prefiero estar sola. Yo misma pediré el alta...

–¿Para qué, para irte a Londres? –demandó Leo enfadado–. No estás en condiciones de viajar. Al menos tienes que pasar unas cuantas semanas recuperándote. Si lo prefieres, me iré yo y tendrás el castillo para ti sola. En este momento, creo que volver al trabajo sería una bienvenida distracción.

–Yo no quería que esto terminase así –murmuró Grace, dolida–. Sé que tú también estás disgustado.

–No estoy disgustado –Leo dio media vuelta y salió de la habitación. No estaba solo disgustado sino furioso. Grace, su mujer, lo estaba echando de su vida, despidiéndolo como si no contase.

¿De verdad merecía una esposa con tan mala opinión de él? ¿Grace pensaba que había estado fingiendo durante todo un mes? ¿Fingiendo la pasión, la risa, la emoción? De repente necesitaba una copa o darle un puñetazo a la pared.

Grace era tan testaruda... ¿y eso de la alianza? ¿De dónde había salido?

Desgraciadamente, sus prejuicios contra su padre por cómo creía que había tratado a su difunta madre habían hecho que no tuviese una buena opinión sobre los hombres y su propio comportamiento desde que se conocieron había contribuido a esa desconfianza.

El revolcón de una noche, el compromiso del que no le había dicho una palabra, el chantaje que había usado para convencerla de que se casara con él.

Su conducta no había sido precisamente ejemplar.

Pero él siempre se había enfrentado a los problemas directamente. Grace quería que la amase y tal vez podría convencerla de que así era. ¿Estaba dispuesto a hacer cualquier cosa para tenerla a su lado?

Leo hizo una mueca. ¿Qué le estaba pasando? Su cerebro no parecía funcionar con normalidad. El shock y el disgusto parecían haber matado temporalmente su sentido común porque por primera vez desde que era niño se sentía impotente y asustado...

Le dolía no estar con Grace. Aunque tal vez necesitaba estar sola para lidiar con lo que había pasado, no podía dejar de desear que hubiera buscado su apoyo.

Decidido, le pidió a una enfermera que lo llamase si la condición de Grace empeoraba y luego, dejando escapar un suspiro, salió del hospital. Tal vez si la dejaba dormir un rato estaría menos fatalista, aunque no creía que una confirmación del aborto espontáneo la animase en absoluto.

Se sirvió un whisky mientras iba en la limusina. Se emborracharía y dejaría de darle vueltas a una situación que no podía solucionar, decidió, preguntándose si de verdad una alianza significaba tanto para una mujer. Mientras se servía un segundo whisky pensó enviarle un mensaje para pedir que le explicase ese misterio, pero tenía un agujero en el pecho al pensar en el niño que no sería... y sus ojos se empañaron.

Miró el móvil, inseguro. Necesitaba hablar con Grace, quería compartir sus pensamientos con una mujer por primera vez en su vida. Pero seguramente la despertaría o la disgustaría diciendo algo inapropiado, tuvo que admitir. Y lo último que Grace necesitaba en ese momento era una serie de mensajes con preguntas tontas.

El teléfono, el único lazo con la mujer con la que

quería estar, era una tentación. Después de pensarlo un momento, sacó la tarjeta SIM, pulsó un botón y tiró el móvil por la ventanilla.

Bueno, ya estaba, así no haría ninguna estupidez.

Grace daba vueltas y vueltas en la cama, las lágrimas rodando por sus mejillas. Quería a Leo, pero en realidad nunca había sido parte de su vida. No había sido un marido de verdad y tenía que aprender a no buscarlo, a no apoyarse en él. Debía aceptar que esa fase de su vida había terminado. Él estaba tan enfadado cuando se marchó... y sabía que ella lo había provocado. Había intentado apoyarla y lo había rechazado porque pensó que ser sincera era lo mejor en ese momento.

Su matrimonio ya no tenía razón de ser y había reconocido esa realidad mucho antes que él. ¿No era eso mejor que dejar que Leo se cuestionase por qué seguía casado con una mujer que no era su ideal de esposa?

Sin embargo, la idea de vivir sin él era intolerable.

No podía dormir y era media mañana cuando por fin llegó la enfermera para llevarla a la sala de ecografías, donde el escáner era más grande, más complejo, y el médico estaba presente.

Grace se quedó inmóvil, sus esperanza aplastadas por una noche en vela y por su tendencia a esperar siempre lo peor. De modo que cuando el médico le dijo, con su fuerte acento, que mirase la pantalla, se quedó sorprendida al ver que tanto él como la enfermera estaban sonriendo.

Y podía oír el latido de un corazón... el corazón de su hijo.

Subieron el volumen para que pudiese escucharlo bien, su propio corazón latiendo como loco. Grace se emocionó, llorando sin poder evitarlo.

–Estaba tan segura de que lo había perdido...

El ginecólogo se sentó a su lado para decirle que había dejado de sangrar y que el latido del corazón del bebé era fuerte y regular.

En cuanto volvió a la habitación, Grace tomó el móvil para llamar a Leo... ¿pero qué iba a decirle, que había sido una idiota?

Angustiada por su convicción de haber perdido el bebé, había tirado su matrimonio a la basura y con él todas sus esperanzas. Y sería culpa suya si Leo recibía con pesar la noticia de que iba a ser padre porque ella se había cargado la relación diciendo que quería amor.

Lo pensó mucho antes de escribir el mensaje, disculpándose por su comportamiento y por las cosas que había dicho el día anterior. Se quedó un poco sorprendida cuando no recibió respuesta inmediatamente y desconcertada cuando en la puerta del hospital solo la esperaban su conductor y dos de sus guardaespaldas. ¿Había esperado que Leo corriese a buscarla?

Tal vez eso era poco realista después de las cosas que le había dicho, tuvo que admitir. Le envió otro mensaje, esperando una respuesta que tampoco recibió. Leo llamó por la tarde y la conversación fue breve y tensa. Le preguntó cómo estaba, sin hacer referencia al bebé ni a su matrimonio, y le dijo que había tenido que irse urgentemente a Londres y estaría allí durante una semana.

–Hablaremos cuando vuelvas, supongo –dijo Grace triste y decepcionada.

–Sí, claro, estoy deseando –replicó él, irónico.

¿Leo ignoraba sus mensajes porque había decidido que tenía razón, que no los unía nada? ¿Había llegado a la misma conclusión, que un hijo no era razón suficiente para seguir con una mujer que no era su esposa ideal? ¿Por eso no decía nada? ¿Y era el divorcio que ella misma había sugerido de lo que hablarían cuando volviese a Italia?

Cinco días después, Grace estaba sentada en la terraza, bajo unas parras que lentamente se coloreaban de sombras otoñales. Había vomitado antes de desayunar y sus pechos estaban muy sensibles, todos los efectos de un embarazo estable a la vez. Se había hecho análisis y el doctor Silvano le había asegurado que el resultado era normal, pero tenía los nervios en tensión porque Leo volvería esa noche y había sido tan distante por teléfono...

Además, había mencionado que cenó una noche con Marina, que también estaba en Londres, y Grace tuvo que controlar una oleada de celos, diciéndose que no le molestaba esa amistad. Pero aun así, temía las comparaciones y sabía que siempre le dolería que Leo pensara que Marina habría sido su esposa ideal.

Josefina asomó la cabeza en la terraza.

–¿*Signora* Zikos? Tiene visita... Míster Roberts.

Grace frunció el ceño, sorprendida porque no reconocía ese apellido. Se levantó y cuando el hombre salió a la terraza se quedó atónita. De cuarenta y muchos años, estatura media y pelo rojo, tan brillante como el suyo...

Había visto muchas fotografías en Facebook y sabía quién era, aunque no podía creer que hubiese ido a Italia a visitarla.

–Eres... –empezó a decir.

–Tony Roberts, tu padre. Quería hablar por teléfono contigo antes de venir, pero Leo estaba convencido de que sería mejor darte la sorpresa –le explicó–. Espero que estuviera en lo cierto...

–¿Has visto a Leo? –exclamó Grace, invitándolo a sentarse a su lado.

–Fue a verme al hospital la semana pasada y me contó que acababas de descubrir lo que pasó entre tu madre y yo. Por cierto, siento mucho que haya muerto –le dijo, con un brillo de compasión en los ojos–. No sabía si este sería el mejor momento para verte después de haber perdido a tu bebé, pero tu marido pensó que te animaría.

–¿Qué? Pero no he perdido el bebé, sigo embarazada.

Su padre la miró con gesto de perplejidad.

–¿Leo te dijo que había perdido el niño?

–Sí, eso me dijo.

Grace por fin entendió que había malinterpretado el silencio de Leo. Estaba claro que, por alguna razón, no había recibido sus mensajes, por eso había evitado cualquier referencia al bebé.

–Dios mío... –susurró, atónita. Leo estaba en Londres pensando que habían perdido el hijo que esperaban...

Le explicó el malentendido a su padre mientras intentaba entender por qué habría ido al hospital a buscarlo.

–¿Estás diciendo que tu marido no sabe que no has perdido el bebé? Pero deberías llamarlo por teléfono ahora mismo.

–Leo vuelve esta noche y prefiero decírselo cara
a cara –admitió Grace, esperando que Leo lo viese
como una buena noticia–. Imagino que fue él quien
te convenció para que vinieses a Italia.

–Hizo falta poca persuasión. He esperado veinte
años para tener esta oportunidad –Tony Roberts esbozó una sonrisa–. Imaginé que me odiarías por lo
que hizo tu madre. Ni siquiera sabía que Keira tuviese un hermano en Londres, nunca conocí a su familia porque no se llevaba bien con ellos. Y tampoco
sabía que hubiera muerto cuando tenías once años.
De haberlo sabido, te aseguro que habría ido a buscarte.

Josefina llevó una bandeja de café mientras char-
laban, poniéndose al día después de tantos años.
Tony estaba tan emocionado por la oportunidad de
conocer a la hija que creía perdida para siempre que
había ido a Italia sin pensárselo dos veces. Grace estaba emocionada, abrumada por la ilusión de su padre y por el esfuerzo que Leo había hecho por ella.

Le importaba su felicidad, pensó. Por eso se había
molestado en buscar a su padre.

Comieron juntos, sin dejar de hablar, paseando
luego por el jardín. Cuando el sol empezó a ponerse,
Tony se despidió, diciéndole que su mujer, Jennifer, estaba esperando en el hotel. Grace los invitó a cenar al
día siguiente y se despidió con cierta pena. Sospechaba
que habría sido un padre maravilloso... pero no debía
ser negativa, lo importante era que lo había recuperado.

Se arregló con cuidado para la llegada de Leo, poniéndose un vestido verde con elaborados bordados
en el cuello y elegantes zapatos de tacón. Cuando
oyó el ruido de las aspas del helicóptero tomó aire y

cruzó los dedos. Seguramente seguiría enfadado con ella porque no había recibido sus mensajes...

Estaba cepillándose el pelo cuando Leo entró en el dormitorio.

–He llamado a Josefina para pedirle que sirva la cena una hora más tarde de lo habitual –empezó a decir, mirándola con sus inteligentes ojos dorados–. ¿Cómo estás?

–Bien, muy bien, Leo... te envié un mensaje desde el hospital, pero creo que no lo recibiste –dijo Grace, apurada–. Te debo una disculpa por todas las cosas que dije.

–Estabas disgustada, lo entiendo.

–No era el momento ni el sitio para soltarte todo eso.

–Y lo entiendo, de verdad –repitió Leo, pasando un dedo por sus labios–. Estás muy nerviosa. ¿Qué ocurre?

Grace dio un paso atrás para aclarar sus ideas. Estando tan cerca no podía pensar y el familiar aroma de su colonia masculina hacía imposible concentrarse.

–Si hubieras recibido el mensaje sabrías que no me pasa nada –dijo por fin con una sonrisa–. Tenías razón, era un error y estaba siendo demasiado pesimista. En la segunda ecografía, el latido del corazón del bebé era bien claro.

Leo se quedó inmóvil, juntando las cejas.

–¿Quieres decir...?

–Que sigo embarazada y que todo está bien.

–¿No has perdido el bebé? ¿En serio? –insistió Leo, con los ojos brillantes.

–En serio –susurró ella, temblando cuando la tomó entre sus brazos–. A veces soy muy negativa, Leo.

Me di cuenta de que no sabías lo del bebé cuando mi padre vino a verme. Pensé que no lo habías mencionado porque habías cambiado de opinión sobre nosotros.

—Bueno, he cambiado de opinión sobre algunas cosas —admitió él, tomándola en sus brazos para dar vueltas por la habitación con una carismática sonrisa—. Es la mejor noticia que he recibido nunca, *meli mou*. No sabía cuánto deseaba tener ese hijo hasta que pensé que lo había perdido.

—Me estás mareando... déjame en el suelo —Grace reía, feliz.

Dejando escapar un suspiro de disculpa, Leo la dejó frente a la cama, en la que Grace tuvo que sentarse para controlar el mareo.

—¿Estás bien? —Leo se puso en cuclillas frente a ella—. Estás muy pálida. Seré idiota, no había pensado...

—No te preocupes, estoy bien.

Leo se portaba de manera normal, alegre. No había distancia entre ellos como había temido y esa no era la reacción de un hombre que estaba tomando en consideración la posibilidad de reclamar su libertad.

—Estoy bien, Leo, solo un poco mareada. Y he vomitado un par de veces —le explicó—. Es como si mi cuerpo por fin estuviera despertando a la realidad del embarazo.

—Se te pasará, ya verás. ¿Cómo fue la reunión con tu padre?

—¿Por qué fuiste a verlo?

—Sabía que tú querías conocerlo y pensé que eso te animaría —respondió él—. Cuando pensé que habíamos perdido a nuestro hijo me sentí tan impotente...

–Yo también, pero no era algo que pudiésemos controlar –Grace acarició su cara con un dedo–. Y yo me dejé llevar por mis peores instintos.

Leo se levantó de un salto.

–No, lo entendí en cuanto lo pensé un momento. Es verdad que lo hice todo por el niño en lugar de por nosotros. Incluso podría decir que usé al niño como una excusa, pero la realidad es que te deseaba desde el momento que te vi y no he dejado de desearte.

–¿Desde el primer momento?

–Fue como meter un dedo en un enchufe –bromeó Leo–. La atracción fue inmediata y poderosa. Tenía que conocerte y hacerte mía. Cuando a la mañana siguiente me encontré deseando volver a verte me asusté.

–¿De verdad? –Grace frunció el ceño–. Pero solo estuvimos juntos una noche.

–Una noche muy especial con una mujer muy especial, que me hizo desear mucho más que ninguna otra –dijo Leo con voz ronca–. ¿Por qué crees que estaba tan impaciente cuando no respondías a mis mensajes? Estaba obsesionado contigo. No podía pensar en otra cosa.

–Pero dijiste...

–Dije que no quería saber nada del amor y entonces tú me echaste de la habitación del hospital. Necesitaba estar contigo, pero tuve que irme a Londres.

–¿Y durante ese viaje sufriste una especie de transformación?

–No, por fin me di cuenta de que estaba atado a ti y no solo por el bebé.

Grace dio un paso adelante.

–¿Atado?

–Sin esperanza –admitió Leo con una sonrisa irresistible–. En algún momento me enamoré de ti, pero no me di cuenta. Sabía que me gustabas y quería tenerte cerca para cuidar de ti. Sentía celos de tu amistad con Matt y fue un alivio cuando no sucumbiste al legendario atractivo de Bastien, pero de verdad pensaba que sentía todo eso solo porque estabas embarazada de mi hijo.

–Un error comprensible –asintió Grace mientras aflojaba el nudo de su corbata–. Pero acabas de decir que me quieres y como yo también te quiero a ti, deberíamos celebrarlo.

–¿Me quieres? ¿A pesar de todos los errores que he cometido?

–Al contrario que tú, yo nunca esperé casarme con un hombre perfecto.

–Pero tú eres perfecta – respondió Leo–. Absolutamente perfecta para mí. Eres preciosa, inteligente, cariñosa y serás una madre fantástica.

–Sigue, a mi ego le encanta –bromeó Grace–. Debería haber imaginado que me querías cuando fuiste a buscar a mi padre, pero estaba demasiado ocupada preguntándome qué habría pasado en esa cena con Marina.

–¿Por qué te preocupaba eso?

–Porque tú pensabas que Marina era perfecta y estuviste comprometido con ella durante tres años.

–Si hubiera sido perfecta para mí, seguramente me habría casado con ella –señaló Leo–. Y Marina no es perfecta. No solo se acostó con mi hermano...

–¿Qué?

–Además tiene una aventura con un hombre casado, aunque no es tan horrible como parece. Su mujer sufre demencia precoz y está en una residencia.

No reconoce ni a su marido ni a sus hijos... en fin, no tienes que preocuparte por mi relación con Marina, somos buenos amigos y nada más.

Grace sonrió, aceptando la explicación.

–Espera, hay algo muy importante que se me olvidó la primera vez... –Leo clavó una rodilla en el suelo y tomó su mano–. Grace Donovan, ¿quieres casarte conmigo?

–¿No estamos ya casados? –preguntó ella, sorprendida.

–¿Lo estamos? El padre Benedetto entiende que no te sientas casada después de una simple ceremonia civil y ha aceptado casarnos en su capilla –Leo puso un anillo en su dedo–. Lo único que hace falta es fijar una fecha.

Grace miró el anillo de diamantes en su dedo y luego miró a Leo, la viva imagen del romance con una rodilla clavada en el suelo.

–¡Lo estamos haciendo todo al revés!

–Mejor tarde que nunca –dijo él, incorporándose–. Pero aún no has dicho que sí.

–¡Sí, sí, sí! –gritó ella sin vacilación–. Sí me casaré contigo, sí volveremos a celebrar otra ceremonia y sí, te amaré durante el resto de mi vida.

–¿Crees que podrás hacerlo, *agapi mou*? No soy perfecto.

–Ahora que los sabes puedes mejorar –bromeó Grace, riendo cuando la tomó entre sus brazos para darle un beso abrasador–. Pero definitivamente no necesitas mejorar en este aspecto.

Mientras reía, Leo pensaba en lo vacía que había sido su vida antes de conocer a Grace. En cuanto a ella, estaba demasiado ocupada quitándole la camisa para admirar su ancho torso como para pensar en otra cosa.

Cuatro años después, Grace estaba en la cubierta del sucesor del *Hellenic Lady*, mirando a su hija Rosie jugar con el perro de la familia, un carlino llamado Jonás. Estaba tan relajada como siempre durante las vacaciones. Trabajaba muchas horas como pediatra en un hospital londinense y cuando tenía días libres se sentía feliz.

–Papá, papá –Grace dio media vuelta para ver a su hija lanzándose sobre su padre, que salía a cubierta en ese momento.

Leo estaba guapísimo con un pantalón corto, su cuerpo fibroso por el ejercicio, el pelo negro volando con la brisa. Habían disfrutado de cuatro increíbles años, pensó. Habría sido imposible criar a Rosie sin un ejército de niñeras con tantas horas de preparación en varios hospitales, pero desde entonces, con un horario mejor, tenía tiempo para estar con su hija.

Rosie era pelirroja como ella, pero había heredado los ojos dorados y la piel morena de su padre. Era una niña alegre, afectuosa y feliz que ya iba a la guardería.

Leo dejó a su hija en el suelo, acariciando las orejas del perro.

–Pronto llegaremos al puerto –le recordó con una sonrisa, admirando las curvas de Grace bajo un bikini azul.

El calor del sol turco empezaba a quemar los hombros desnudos de Grace y se los cubrió con una toalla. Volvían a Marmaris para celebrar su veintinueve cumpleaños en la discoteca Fever, donde se habían conocido. Anatole y toda la familia de su padre estaban a bordo con ellos. Se llevaba muy bien con sus hermanos, que eran universitarios, y con su hermana, que seguía en el colegio. De su madrastra había recibido la aceptación y el afecto que nunca había encontrado en la familia de su tío.

–Voy a cambiarme.

Leo le pasó un brazo por la cintura mientras bajaba por las escaleras.

–¿Tienes prisa?

–Tardaré más de una hora en arreglarme el pelo.

Su marido le dio un beso en el hombro.

–¿Tienes una hora para mí?

–Siempre tengo tiempo para ti –respondió ella con una sonrisa–. Eres un hombre muy exigente.

–Pero te gusta eso de mí, *agapi mou* –bromeó Leo mientras cerraba la puerta de la cabina.

Y Grace debía admitir que le gustaba eso de él. Eran una pareja perfecta dentro y fuera del dormitorio, pensó mientras se apoderaba de su boca en un beso sensual que hizo aletear su corazón. Estar casada con Leo jamás resultaba aburrido; al contrario, era todo lo que siempre había soñado en un marido y se sentía increíblemente feliz con él.

–Estaba pensando... –empezó a decir él, quitándole el bikini para admirar sus pechos y la curva de sus caderas–. Como estamos de vacaciones y te tengo para mí día y noche, ¿crees que podríamos ponernos a trabajar para ampliar la familia?

–Seguramente a Jonás le gustaría tener compañía.

Leo le hizo cosquillas hasta que Grace soltó una carcajada.

–Tú sabes que no me refiero al perro.

–Bueno, tal vez no me gusta que describas la concepción de un hijo como un trabajo –replicó Grace.

–Me encanta trabajar así, no me canso, mujer enloquecedora –Leo la envolvió en sus brazos–. Sabes que estoy loco por ti, ¿verdad?

Grace acarició el diamante que llevaba colgado al cuello, su último regalo de cumpleaños, esbozando una sonrisa.

–Lo he sospechado alguna vez.

–Rosie es como una versión diminuta de ti y, francamente, me gustaría tener otra.

–Entonces tiraré la píldora –murmuró Grace divertida, echándole los brazos al cuello para admirar sus queridas facciones y sus preciosos ojos–. Te quiero tanto.

–No tanto como yo a ti, *agapi mou* –Leo se inclinó para besarla en el cuello.

–Siempre eres tan competitivo –se quejó ella sin ninguna convicción mientras se apretaba contra el fuerte torso de su marido, entregándose a la magia de su boca.

***

Podrás conocer la historia de Bastien Zikos en el segundo libro de la serie *Amores en Grecia* del próximo mes titulado:
A LAS ÓRDENES DEL GRIEGO

Ella quería ser independiente... él quería una buena esposa

Loukas Andreou era un hombre de gran éxito en los negocios y, según las malas lenguas, también en la cama. Era el hombre con quien Alesha Karsouli debía casarse según una cláusula del testamento de su padre.

De mala gana, Alesha accedió a firmar el contrato matrimonial, siempre y cuando su unión se limitara al aspecto social de sus vidas, no al privado. Pero pronto se dio cuenta de que había sido muy ingenua...

Loukas necesitaba una esposa que se mostrara cariñosa en público. Sin embargo, según él, la única forma de conferir autenticidad a su relación en situaciones sociales era intimar en privado...

Boda con el magnate griego

Helen Bianchin

Acepte 2 de nuestras mejores novelas de amor GRATIS

¡Y reciba un regalo sorpresa!

MÁS CERCA

KRISTI GOLD

Hannah Armstrong se llevó la sorpresa de su vida cuando recibió la visita de Logan Whittaker, un apuesto abogado. Al parecer, había heredado una fortuna de la familia Lassiter, pero ella nunca había conocido a su padre biológico, y Logan le propuso ayudarla a descubrir la verdad acerca de su procedencia.

Logan estaba deseando pasar de los negocios al placer. Pero Hannah ya tenía bastantes secretos de familia, y el traumático pasado de Logan también podía empeorar las cosas a medida que la temperatura iba subiendo entre ellos.

Un apuesto abogado, una herencia millonaria

¡YA EN TU PUNTO DE VENTA!

¡El deseo que sentía era una amenaza para sus planes!

Flynn Marshall, magnate hecho a sí mismo, tenía tres objetivos:

1) Un imperio comercial multimillonario

2) Ser aceptado en las más altas esferas sociales

3) ¡Una esposa que lo convirtiera en la envidia de todos los hombres!

Flynn había cumplido con su primer objetivo y estaba en camino de conseguir el segundo. Con respecto al tercero, iba a llevar a la bella y bien relacionada Ava Cavendish al altar en cuanto pudiera. Una mujer florero era lo que necesitaba para cumplir sus planes, pero la apasionada Ava y el deseo que esta le hacía sentir amenazaban con echar abajo una estrategia cuidadosamente planeada…

Matrimonio por ambición

Annie West